ダッシュエックス文庫

友達のお姉さんと陰キャが
恋をするとどうなるのか?2

おかゆまさき

6

時よ止まるな
時よ、進め

私はあの人と早く会いたいのに

時よ進むな
時よ、止まれ

私が幼い頃に出会ったあの人が
今、目の前にいるのがわからないの?

あの人と一緒にいる時間
あの人と離れている時間
本当に同じものなのか
1秒はさっきと同じ1秒なのか

時間よ
おまえは私のことが嫌いなのか
おまえは誰の味方なんだよ

Ni-homia~fastgram「なんなんだ」

なぜアヤトはミスズにテンション高めなのか ―― Part 1

改めてだけど、俺の名前は南条《なんじょう》アヤト。

まあ学年にひとりはいる『何でも屋』ってところかな。

あ、やっぱ知ってた？　ははは、今更《いまさら》だけど一応ね。

こー見えて、学校で起こるトラブルは、大抵《たいてい》なんとかできると思うよ？

あんまり大きな声じゃ言えないけど、……俺、友達が多くってさ。

うんうん、そう。いろんなところで助け合ってるんだよね。

この大きな「縁《えん》」ってやつが、いつかもっと誰かの役に立つんじゃないかって思っててさ。

今はその練習も兼《か》ねてるって感じなんだけど、基本、人助けだし、まあ問題ないよね？

それになんか、誰かの悩み事とか聞いてると、俺なら力になれるんじゃないかって。

あ、これはアイツに相談とかお願いすれば一発なんじゃないかって。

そう思ってついつい手を出しちゃうんだよね。

あははは、うん、ちょっと病気かもしれない。
あ、だからさ、気にせずなにかあったら声かけてよ。
俺も助けてもらいたいことあったら相談するし。

……っていきなりこんなこと言っても、怪《あや》しすぎるよな、やっぱ。
いや、怪しんでるのバレてるバレてる。

じゃあもうちょっと先に俺の話していい？
こういうのは順番ってことで。
てことで、俺のことだけど。
まあ、学校も学校でなかなか楽しいし、色々あったりするんだけど。
今一番気になってることは、やっぱり姉貴のことかもしれない。
あとは親友のレイジのことかな。
そうそうそう、レイジレイジレイジ。
うん、あの件では本当にお世話になってる！
あ、そのお礼もいつかしないとだよね。期待してて！

で実はさ、俺の姉貴と親友のレイジが最近付き合い始めたんだよね。
びっくりした？
するよね普通！
……いやいやいや、俺は大賛成！
ていうか俺、ふたりが付き合えるようにめっちゃサポートした側だからね！
……え？　付き合い始めたなら、もうなにも気にすることないんじゃないかって……？
それがさー！
付き合う前もまあ大変だったんだけど、付き合ってからもこれが色々あるみたいでさ！
俺もかなり計算外だったんだよね。
まあ聞いてよ。
問題なのは姉貴でさ。
こないだレイジが週末金曜日に家に泊まりに来た時も、翌朝……。

◆アヤトによる、とあるサクヤの回想シーン　その1◆

「ふぁぁ……、おはよう姉貴……って、は？　なにやってんの!?」

アヤトの眠気が一瞬で吹き飛ぶ。

なぜリビングで？　姉は自分の持っている洋服をあらゆる場所にずらりと並べていた。

「しかも、その顔……まさか、昨日寝てないのか!?」

「だ、だって眠れるわけがないじゃないっ！」

白いワンピースを放り投げ、サクヤは手のひらで自分の顔を覆《おお》う。

「今日はあたしとレイジとアヤトの三人で映画を観《み》に行く予定だったわよね？」

「あ、ああ……。でも――」

「そう！　それなのに、あんたが急に行けなくなっちゃったから私、レイジと二人っきりで行くことになったのよ!?　ねえアヤト、どんな服を着ていったらいいと思う!?」

「いや、いつも通りでいいんじゃ……」

「ばかばかっ！　あんた真面目《まじめ》に考えてる!?　いい？　レイジが一目見て私を好きって思ってくれて、でもその気持ちをぐっと隠すけど、ついつい目を逸《そ》らせないで私のことじっと見ちゃって、それで私が『どうしたの？　レイジ？』って聞くと、ようやくふと我に返ってからレイジは『な、なんでもないです』って心を落ち着けるんだけど、でも『今日のその服、可愛《かわい》い……ですね』って思わず言っちゃうような感じの！　ちょっと大人のセクシーさを感じさせられつつ、なおかつ清楚《せいそ》にまとまる服じゃないとダメなのがわからないの!?」

「そろそろトースト、焼けたかな」

「ちょっとアヤト!?　なにパン焼いてるの!?　食べないで！　ねえお願いだから真面目に考えて……！」

「そんなの、レイジ本人に聞けばいいだろ？」

「本気で言ってる!?　こ、こんなの、レイジに直接聞けるわけが――」

「あ、おはようございます、サクヤさん」

「って、レ、レイジ!?　い……いつからそこにいたのっ!?」

「えっと……『だって眠れるわけがないじゃないっ！』くらいから、いましたけど……」

「ねええええちょっと!?　思いっきり最初からじゃないのよっ!!　……じゃ、じゃあさっきの、全部聞いてたの……!?」

「いえ……眠くてサクヤさんが何言ってるか、よくわからなくて……。で、この服、いっぱい並べて……サクヤさんどこか行くんですか？」

「は？」

「……は？」

　思わずアヤトもトーストをかじる手が止まる。

「いや、えっと、今日はアヤトが行けなくなったから、レイジと私で映画に行くって……」

「そ、そうでしたっけ……？」

「…………っ！」

確かにっ!!　確かに確かに！

サクヤは思い返す。

昨日の夜、みんなでテレビを見ていたら流れた新作映画のＣＭ。

これ観たい！　とみんなで騒いだのははっきりしているが、それって今日だっけ？

私が……盛り上がりすぎた……だけな気も……。

「ってサクヤさん、なんで膝《ひざ》から崩《くず》れ落ちるんですか!?　どうしたんですかサクヤさん！」

「姉貴しっかり！　大丈夫か！　今からもう一回誘えば行ける！　あきらめんな!!」

◆アヤトによる、とあるサクヤの回想シーン　その１　ここまで◆

姉貴って、レイジのこととなるとポンコツになっちゃうんだよなぁ……。

家以外だと他にも、ぁぁあ〜、これ言っていいのかな。

まあいいや、この学校でも実はさ——

◆アヤトによる、とあるサクヤの回想シーン　その２◆

ほんの些細《ささい》なアクシデント。

「すまんレイジ、昼休みだけど俺、外のコンビニ行ってくるわ」

「え？　そうなの？」

珍《めずら》しくはないけど、あんまりあることじゃない校外へ足を運ぶ行為。

全然いいけど、レイジは流れでアヤトに聞いてみる。

「なんかコンビニの新作が食べたいとか？」

「いや、イヤホンが壊れちゃってさ」

まあまあ以上の理由。なきゃないで構わないような気もするけど、

「アヤトってそういうの気にするタイプだし」

とレイジは納得の表情。

「あ～……、さすがに学校の購買で売ってないしね。わかった。じゃあ行ってらっしゃい」

学食に行けば、レイジは陰《いん》キャ仲間である友人たちとも合流できるはずだった。

アヤトだって、いつもいつもレイジと一緒に昼ご飯を食べるというわけでもない。

学食へと移動するレイジを見送り、アヤトは昇降口から外へと出る。

校門を出てすぐだった。

「さてと、コンビニまでちょっと距離あるから急いで……って、ん……？」

「……この角度なら、レイジの教室の窓が……っ」

見覚えのあるシルエットと声に振り向けば、

「……あ、姉貴……!?　なんで、こんなところに……？」

「はっ!?　ちょっ!?　アヤト!?　ななな、なに!?　なんで!?」

サクヤもアヤトと同じくらい慌《あわ》てふためいていた。

「だからそれはこっちのセリフ!!　まさか姉貴、大学さぼってレイジを見に来たのか……？」

「そ、そんなわけないじゃないっ！　た、たまたまよっ!?　たまたま、通りがかって……」

「んなわけないだろ!?　姉貴の大学だとわざわざ途中下車しないとだめじゃん！　え、まさかだよな、姉貴……」

「も……もちろんよ？　別に勉強中のレイジが見てみたいだとか、体育で汗《あせ》を流してるレイジが見てみたいから来ちゃったとか、そういうんじゃ絶対ないから！」

「フツーに引くから！　なにやってんだよ姉貴！　いいけどそこまで？　そこまでレイジに……？　いや、全然いいんだけどさそれは！」

「ちょ、ちょっと静かにしてよ！　レイジに聞こえたらどうするの……!?」

「なあ姉貴、俺いつも校内のレイジの写真、こっそり撮って送ってやってるよな？　それで我《が》慢《まん》できないのか？」

「そ、そうよ、それがいけないのよっ！　いっぱいアヤトがレイジの写真送ってくるから生《なま》レイジが見たくなっちゃうんじゃない！」

「生レイジという概念……！」

「ねえ、ここからだとやっぱり見えないから学校入ってもいい？」

「だめに決まってるだろ!!」

「私の母校でもあるのよ？　まだ担任だった先生もいるし！」

「関係ないから！」

「あ、アヤト――！」

「「!?!?」」

姉弟そろって校舎の方向から聞こえた声に反応。

ぎゅんとそっちを振り向けば、

「なんかアヤトのイヤホン直った！　いじってたら直ったよー！」

「なっ、生レイジ……っ!?　高校生成分がすごいっ!!」

「よかったな姉貴……。これでじっくり生レイジを――」

「で、でもこんなところ見つかったら、レイジに誤解されちゃうじゃない……っ!!」

「ちょ、姉貴っ!?　誤解ってなに!?　姉貴そういうキャラだぞ?　もはや!!」

だが、サクヤは走って逃げていた。

あっという間に見えなくなって……。

「ほらほら、ちゃんと音楽聞こえて……って、あ……あれ?」

アヤトの妙な雰囲気《ふんいき》に、

「ねえアヤト、今ここに、サクヤさんいなかった……??」

「……姉貴って、いざっていう時にへたれメンタルなんだよなぁ……」

◆

……だからさ、今度ちょっと姉貴にじっくり聞いてみようと思うわけ。

これからどうするつもりなんだって。

って、あれ?　どした……?

いったん休憩《きゅうけい》?

ん、オッケー。

「あは……。そっか、レイジくん、彼女さんいたんだ……」

ちょっとトイレにと言ってアヤトの席から離れたミスズは、人気《ひとけ》のない廊下で立ち止まる。

レイジやアヤトと同じ学年のミスズは、新米ギャルである。

なんとか高校デビューに成功してここまでやってきた彼女だが、ある日アヤトに声をかけてもらい、レイジにバイトを紹介したことがきっかけで色々と上手《うま》くいき始めている。

バイトは『イートミーツ』という、自転車で料理を届ける例のアレ。

それをレクチャーする際にレイジとも色々あったとミスズ本人は思っている。

「だってカッコいいもんなぁ……レイジくん……」

私に話をしてくれたアヤトは変に思ってないだろうか。

変なタイミングで会話を途切らせてしまったんじゃないだろうか。

「レイジくんに年上の彼女か……」

しかも相手は、あのアヤトの姉。

一度落ち着くタイミングは欲しかった。

やっぱり自分は、レイジを特別に思っていたんだろうか。

「まあ、ちょっとはね……？」

これってやっぱり恋心……？

——いや、たぶんセーフ！

「（だってあたし、まだまだ全然本気じゃなかったし？）」

すん、つん……っ、と鼻の奥に悲しい痛みが走ってるのはたぶん気のせい。

「まあ、セーフだよねぇ……。失恋カウントには……はぁ〜ぁぁ……」

ちょっと無理矢理だけど、表情は笑みのカタチでゆっくりと息を吐く。

「だけどこれ、セーフじゃない子も、いると思うなぁ……」

ミスズはハンカチを取り出して、それからトイレで素早くメイクを直す。

「アヤトくんのお姉さんか……。美人なんだろうなぁ〜……」

「じゃあアヤト、今週もありがとう」

玄関で靴を履《は》いたレイジは振り向いて告げる。

「いいっていいって、もう習慣っていうか、そんな今さらさ」

アヤトはひらひらと手を振って笑った。

感謝したいのはアヤトの方だった。

レイジには返しきれない恩がある。

それなのに毎週末、こうしてレイジはアヤトの家に泊まりがけで遊びに来てくれる。

「あ、もう帰っちゃうの？　レイジ」

玄関で立ち話するふたりへ、廊下の奥からサクヤが顔を見せる。

「はい、そろそろ帰ります。サクヤさんもご飯とかパンケーキ、今回もありがとうございます。おいしかったです」

「ふふ、でしょ？　おいしかったわよね？　あれをカフェで食べたらひとり二千円くらいじゃないかしら……」

「え、あ……まさか……っ」

「まあ、今日は私の奢《おご》りってことで。気をつけて帰るのよ？」

「お、奢り……。あ、はい、……ですよね。こんど何かで返します。期待しててください！」

「って、あ、待ってレイジ、今のは冗談――」

「じゃあ、お邪魔しましたー」

レイジは家を出ていき、ドアがパタリと閉められる。

一秒、二秒、三秒。

「…………ぁあああああ！　お邪魔しましたじゃないわよぉぉ……っ！」

親友を見送ったアヤトは家の奥、リビングで絶叫する姉に苦笑する。

新米ギャルのミスズに美人とウワサされていたサクヤは、確かにさっきまでその雰囲気《ふんいき》を醸《かも》し出していた。

しかし、

「あああああああなんでぇぇぇ～……っ！　なんでレイジは帰っちゃうの～!?」

「ちょっと姉貴なにやってんの……？　ちゃんとソファに座れって！　逆さまになってる！」

サクヤは一瞬で、その美人度を残念な感じにしていた。

「ねえなんで？　アヤト、引き留めてくれたってよかったじゃない！」

「無理言うなよ、レイジは明日から普通に学校あるんだし」

「ここから通えばいいでしょ!?」

「無茶言うなよ姉貴。だったらさっきあんなクールに見送らないで、もっとレイジに近づいてもうちょっとだけ家にいてって言えばよかっただろ？　あの雰囲気なら絶対なんとかなったし」

「そ、そんなことできるわけないじゃないっ！　そんなことして私がレイジをすっごくめちゃめちゃいっぱい好きってバレたらどうするのよ！」

「いいだろ、ふたりは付き合ってるんだからバレれば！」

「色々あるのよこっちにだってー！」

今週もレイジは親友であるアヤトの家に遊びに来ていた。

そう、親友の弟の家に遊びに来ているのだ。

サクヤもレイジのために、研究したパンケーキを焼いてみたり、お風呂の入浴剤に凝《こ》ってみたりしたのだが……。

「くぅう……っ、やっぱりレイジ好き……っ！　もっともっと会いたい……！」

「直接言えばいいだろ、そういうことは……」

「だぁかぁらぁぁぁ～～！」

「はいはい、恥《は》ずかしいのな？　まったく耳まで真っ赤にして……」

アヤトは姉を落ち着かせるために、冷たい飲み物を用意する。

「でも姉貴は毎週末にレイジに会ってるじゃん……」

金曜日の夕方にやってきて土曜日を丸一日過ごし、翌日の日曜夕方くらいに帰っていく。

サクヤとレイジが付き合うようになっても、そのルーチンに変化はない。

「やだ！　毎日会いたいのっ！　レイジはウチに来ても半分はアヤトと遊んでるし……」

そう、変化がないからサクヤは駄々《だだ》をこねているのだ。

それが変化を起こせない自分のせいだとしても。

「はぁぁぁ……もう、いっそひとり暮らしでもしようかな……」

サクヤはソファに突っ伏し、そう呻《うめ》く。

「そうすれば、レイジは私に会いに来てくれるわけだし……はぁぁ……でも無理よね……」

「いや、待って姉貴。……それ、マジでいいんじゃない？」

「は……？　なにが？」

急な同意に、サクヤは混乱する。あれ？　自分はさっきなんて言った？

「えっと……、私がひとり暮らしするって、できるの……？　そんなこと」

「いや、できると思うよ？　姉貴最近、普通に料理とか頑張ってるし、家事もそれなりだし」

アヤトはなにやらスマホにアプリをダウンロードしているらしい。

「それにほら、えっと……この辺《あた》りに引っ越せば……」

そしてその検索結果を姉へと見せる。

「レイジの高校がここで、駅がここ……ってことは」

アヤトが示した地域。

「ほんとだ、私の大学へも通いやすいし……、この家からもそんなに離れてないし……」

サクヤは思わず、デキる弟からスマホを奪い取る。

「レイジたちの学校からもそんなに遠くない……!?　っていうことは……」

急に胸が高鳴る。

「少し汗《あせ》ばんだ制服姿のレイジが、もしかして毎日会いに来てくれるっ!?」

「いや、それはわからないけど……」

サクヤはその晩、うまく眠れなかった。

「え!?　サクヤさんがひとり暮らし!?　すごい……!」

高校の教室でそれをアヤトから聞かされたレイジは「ふぁぁー」っと息を呑《の》んでいた。

「ああ、なんか姉貴、自立に向けて色々考えてるみたいでさ」

「はぁ……さすがサクヤさん……」

なんだかドキドキするレイジ。

やっぱりサクヤさんは大人なのだ。

自分より全然色々考えているし、将来のことも今から見据《みす》えているのだろう。

三歳という歳《とし》の差は、考えているよりずっと大きいのかもしれない。

ひとり暮らし。そして自立。

レイジはまだ意識したこともなかったし、自分は今、普通に両親の保護下にある。

それが将来に向かって変化していくのは、考えてみれば当然だが、意識したこともなかったことにびっくりしているくらいだった。

「ねえアヤト、俺も何かサクヤさんの手伝いとかできないかな」

だからせめて、サポートできればと親友に尋《たず》ねたその時。

「サクヤの手伝い……？　ん？　それって南条《なんじょう》サクヤのことか？」

「あ、折居《おりい》先生」

授業を終えて、職員室に戻ろうとしていた英語教師。

レイジとアヤトの担任でもある折居リョウコが立ち止まり、ふたりに視線を向けている。

「あ、確か折居先生って、ウチの姉貴の担任だったんですよね」

「ああ。サクヤは私が最初に受け持ったクラスの学級委員だったんだ。よく覚えてる」

レイジとアヤトの担任教師は懐《なつ》かしそうに笑う。

「最近どうだ南条。サクヤは大学、うまくいってそうか？」

「はい、問題ないみたいですね」

「ふむ……」

折居は自分の顎《あご》を触ってレイジとアヤトから視線を外し、

「平宮《ひらみや》？」

「どうしたんですか？　先生」

「サクヤのことで……ちょっと相談したいことがある。放課後時間もらえるか？」

だが、レイジより先に反応したのは、

「ちょっと、先生……？」

親友の、そしてレイジの彼女の弟であるアヤト。

「心配するな南条。別に平宮を叱《しか》ったりするわけじゃない。なんなら南条も来るか？」

「あ……、いや、……俺は大丈夫みたいですね」

「アヤト……？」

「なあ、レイジはどうする？　先生のところに行くか？」

アヤトのこの反応からすると。

折居先生はサクヤさんと自分が付き合っていることを問題に思っているわけじゃないらしい。

なら、

「ま、まあ、大丈夫だけど……。放課後って、今日のですか？」

「そうだな、ちょうど都合がいいんだ。……じゃあ、英語の準備室で待ってるからな」

こうしてレイジは担任がいつも控《ひか》えてる部屋へ行くことになった。


そしてその日の放課後。

「お前も忙しいだろうから、結論から言うぞ？」

英語準備室の片隅《かたすみ》。

狭い応接スペースのような場所に置かれたソファに座ったレイジに折居は告げる。

「サクヤとの付き合いでなにか困ったことがあったら、遠慮なく私にも相談してくれ」

「は……？」

折居の表情はレイジを安心させるような渋い笑み。

二十九歳の独身女性教師がこんな味のある微笑《ほほえ》みを浮かべてもいいのかと一瞬レイジは思ったが、それよりも彼女が言った内容だ。

「えっと……、つまり……？」

「まあ、協力しようっていうことだよ。私はお前、平宮とサクヤを応援する」

「は、はぁ……」

嬉《うれ》しいか感謝より先に、戸惑《とまど》いが出てしまう。

「なんでふたりの関係を知ってるかって顔だな」

折居も目の前の教え子に緊張していたのか、くつろぐようにソファに背中を預ける。

「噂《うわさ》は聞いてる。お前が誰かと付き合うようになったって。その相手があの南条の姉、サクヤってことも」

「俺が、噂に……？」

レイジは愕然《がくぜん》としているが、折居はだいたいの見当がついている。

噂の出所《でどこ》は、どう考えてもレイジの親友のアヤトだ。

「え……ど、どんな噂なんですか？」

「おっと、そうか。心配になるか。だが噂と言っても気にするようなことじゃない」

「で、でも……」

「大概《たいがい》の生徒は知らない」

折居は少しだけ身を乗り出し、

「なんというか、……そういう恋愛ごとが好きな生徒が学校に一定数いるのはわかるな？」

「ま、まあ……そうですね」

彼氏彼女がいてもいなくても、そういうオープンな雰囲気《ふんいき》を隠さない生徒がいるのはレイジも知っている。

「そういう恋愛大好きタイプは他人の恋愛事情にも敏感だからな。どこからか聞きつけたらしい」

「そうなんですね……」

「まあ、特にこの高校じゃ彼氏彼女ができたからって、周囲から変に思われることもないからな。気にすることはない」

「わ、わかりました……」

恋愛大好き系の生徒の気持ちに共感しづらいのは、折居にもわかる。

折居も、レイジに彼女ができた、しかもあのサクヤと付き合っていると聞いた時には驚いたものだ。

レイジ自身に自覚はないみたいだが、彼は彼で隠れファンとも言うべき女子生徒は多い。

憧《あこが》れ以上、片思い未満の数を数えたら結構な数になるはずだ。

だからアヤトは、そこに仕掛けを用意したのだ。

今後、なにかのきっかけでレイジを気にする女子が発生したとする。

その女子は何気なく、レイジに彼女がいないかを調べるだろう。

すると、レイジが誰かと付き合い始めたということが自然とわかるのだ。

しかも相手は、よくよく聞けばあの南条アヤトの姉だということまでわかる。

そのインパクトは、その女子に軽い失恋すら意識させないだろう。

これがアヤトの、レイジと姉を他の恋愛からのゴタゴタに巻き込まない方法なのだ。

そしてアヤトはこの暗躍《あんやく》をレイジに知られたくはないのだろう。

折居はアヤトとレイジの関係性をそこまで読んで、受け持ちの生徒に話を続ける。

「サクヤは私が新人で受け持ったクラス一発目の学級委員だったんだ」

「あ、そう言ってましたね」

「確か写真もあったはずだな……」

折居は立ち上がり、自分の机まで行って荷物をひっくり返し、写真屋でもらえるような簡単なフォトブックを持ってきた。

「ほら、これが高校生一年生の時のサクヤと、新人の私だ」

「ぬぁ……っ!?」

かわいい。かわいい……！

なんだこのサクヤさん……!!　めちゃくちゃ子どもっぽい!?

と、レイジが動揺するくらい、写真の中のサクヤは可愛《かわい》らしかった。

（ちなみにレイジはサクヤにだけ夢中だが、隣に写る折居もそれなりだ。それをスルーしてサクヤにだけ視線を向けるレイジに、折居は軽く苦笑しているが、ともかく——）

レイジはこの時、小学校六年生だったはずだ。

その頃のレイジの中では、サクヤは『めっちゃいじわるしてくるアヤトの姉』だったので気づかなかったが……。

「この頃から美人でなぁ……サクヤは。すごくモテモテだったんだぞ？」

「そ、そうだと、思います……これは……」

「だが、なぜか男子には一切興味がなさそうでな……」

もちろんそれはこの頃もサクヤはずっとレイジに片思いしていたから。

だが、混乱したレイジの頭からは、そのことがすっぽ抜けている。

「ふふふ、大切にしてやってくれよ？　サクヤは私の恩人でもあるんだ」

「……え？　どういうことですか？」

――折居リョウコ。二十九歳。

半年前まで片思いしていた男性がいたが、告白する前に相手が結婚してしまい失恋中。

……余談になるが、その失恋ショックの余波《よは》は、彼女に結構な変化をもたらしている。

失恋と酔った勢いで、折居はなぜかとある企業の『二次元バーチャルアイドル』のオーディションに参加した。

そしてどういうわけだか千六百倍の難関を潜《くぐ》り抜けてしまい、バーチャルアイドルの〝中の魂《たましい》の人〟として動画配信デビューをはたしてしまった。

さらにはどうにでもなれと半分投げやりでやった趣味のソロキャンプ配信企画《きかく》がバズってしまい、今までのバーチャルアイドルとは別種のファンを獲得。

一部の界隈《かいわい》で今、ソロキャンプ系バーチャルアイドルとしてかなり話題になっているのだが、それはさておき……。

このエピソードでもわかるように、実はもともと折居は趣味的にはレイジと同じ陰《いん》キャオタクの気《け》が強い。

現に、今の『いかにもサバサバとした女教師です！』という外見や仕草《しぐさ》も、彼女からすれば『女教師』のコスプレだった。

さらに言えば、このコツを一緒に悩んで見つけてくれたのが南条サクヤだったのだ。

折居は初めて受け持ったクラスで、生徒たちから陰キャを見抜かれてしまった。

そして気弱な部分を初《しょ》っ端《ぱな》に見透かされたせいで、あっという間に生徒は言うことをきかなくなってしまったのだ。

そんな折居を、クラス委員のサクヤが支えてくれた。

少しずつサクヤのアドバイスでキャラを変え、クラスの雰囲気を誘導していく。

そして夏休みが終わったころには、折居は上手《うま》くクラスに馴染《なじ》むことができていた。

サクヤがいなかったら、たぶん自分は今、無職だっただろう。

このご時世で、それはやばい。

「そんなことがあったんですね……」

もちろん折居は今では『二次元バーチャルアイドル』としても活躍し始めてしまっていることまではレイジに話していないので、この納得はサクヤとの過去のみへの納得だ。

「個人的な恩だが、返せるものならこうして返そうと思ってな」

さすがサクヤさん……、とレイジは感動を嚙《か》みしめる。

「まあ、平宮なら男女関係でも問題はないとは思うが……」

「い、いえ、問題ないことはないですけど……」

「まあそうか。違ったらすまないが、女性と付き合うのは初めてのこと……だろ？」

「そ、そうなんです！　なので先生にも応援してもらえるなら本当に心強いです」

「そう言ってもらえると私も嬉しいよ」

そもそもレイジはいい子だ。

アヤトとレイジといえば、この学校の教師で知らない者はいないだろう。

学校外部。教育委員や地元の政治家にも、なんなら街の輩《やから》集団にまで、なぜか顔が利《き》くというアヤトは、職員室では腫《は》れ物扱い。

そんなアヤトの親友であるレイジは、目立たないように振る舞っているがどのスペックも超高校生級。

あらゆる部活の担当教諭やキャプテンが彼に声をかけようと狙《ねら》っているらしいが、アヤトの根回しが効《き》いており、レイジにはまったく手出しができないのだという。

サクヤと深く付き合った折居だからこそ、なんとなくその弟のアヤトが考えていることにも共感できた。

高校生の段階で公的に注目を集め、スターになってしまうことははたして幸福か？

レイジの持つポテンシャルは、たぶん本物だ。

今、その道のプロでもない教師の名誉欲、私利私欲《しりしよく》のために担《かつ》がれて変に目立ってしまうことが、レイジのためになるのか。

アヤトの評価に関しても、担任の折居は他の教諭と異なる。

今からこんな長期的にものを見ることができて、陰《かげ》から親友をサポートすることにリソースを割《さ》ける子が悪い子のわけがない。

確かにアヤトには黒い噂もあったが、折居はアヤトのことも信頼している。

それらを総合しての、今回の折居の行動であった。

「さて、実は平宮にはさらにひとつ、知っておいてもらいたいことがあるんだ」

「俺に知っておいてもらいたいこと、ですか……？」

「ああ。きっとすごく役に立つことだ。今日これからもう少し、時間はあるか？」

折居はそう言って立ち上がる。

「あ、はい。ありますけど、どこかに行くんですか？」

折居は渋い笑みをレイジに向ける。

「レイジ、お前を『彼女持ちの会』に招待しよう」

『彼女持ちの会』はすごく盛り上がる

Part 5

『彼女持ちの会』

それはレイジが通う高校に密《ひそ》かに存在する秘密結社である。

メンバーはもちろん、彼女を持つ男子生徒。

そして会の主幹は英語教師の折居《おりい》リョウコと、養護教諭の御法川《みのりかわ》チサト。

親しい教諭同士のふたりは考える。

高校生。しかも男子高校生といえば、それはもうグッツグツの時期。

彼氏彼女をつくるなという方が無理だし、禁止方向にだけ訴えてもトラブルは避けられない。

ならば、秘密裏《り》にうまく導けばいいのでは？

そこで結成したのが『彼女持ちの会』。

独自の恋愛コミュニティを持つ女子たちは、互いにアドバイスなどを交換できる。

だが、男子はどうしても孤立《こりつ》しがちになる。

ひとりで彼女との関係を悩み続けても、恋愛初心者がいい答えを出すのは難しい。

行動力とムラムラとした気持ちだけが暴走するのは、学校生活にも長い目で見てマイナスだ。

そこで、そんな彼らをサポートするのが、折居と御法川が考えたこの『彼女持ちの会』なのだ。

「なるほど……、じゃあ、俺もその会に入れば……！」

「他の彼女持ちの男子から、色々アドバイスがもらえたり、参考になる話が聞けるかもな」

「ありがとうございます、先生……！」

色々と不安もあったレイジにとって、これは嬉《うれ》しい秘密結社だった。

「まあ、まだまだ手探りな部分が多いんだが……、ここだ」

保健室の隣の空《あ》き教室が、『彼女持ちの会』の会合場所らしい。

「まだ誰も……」

「保健の御法川先生は今日はいないからな……、メンバーを待とう」

レイジは並べられていた椅子《いす》に適当に座る。

この教室は保健の授業で使うためか、色々とそれっぽい掲示物が多い。

それらを眺《なが》めていると、

「レイジはサクヤと、いつもはどこで会ってるんだ？」

「えっと俺、アヤトの家に週末によく泊まりがけで遊びに行くんですけど、その時とかですね」

「なるほど。ん……!? というか、それだとレイジとサクヤは同じ屋根の下で……!?」

「え、そうですけど。まあ、アヤトとは幼馴染《おさななじ》みなのでそのノリで習慣的に……」

「な……」

そこになんの後ろめたさや欲望渦巻《うずま》く駆け引きの気配のない、あっけらかんとしたレイジに、

「(これ、逆にサクヤが困惑《こんわく》してるパターンじゃないか……?)」

と折居が逆に心配になってきた時だった。


からから、どさぁ……っ!


と教室のドアを開け、床に倒れ込むひとりの生徒。

「はぁ……っ、はぁ……! 折居……先生っ!」

「お、おおっ? どうした桃山《ももやま》!」

折居に桃山と呼ばれた彼は、イケメンの野球部員といった感じの男子生徒だった。

「す……すいません……っ、色々、あって……」

彼はキラキラと汗《あせ》が輝く額にかかる前髪を上げ、折居に切《せつ》なげな視線を向けている。

「色々……？　そういえば、今日は他のメンバーも遅れてるみたいだが……」

「あぁ……、そうですか……。じゃあ、まだみんなのこと、先生は……」

「なにかあったのか……？」

深刻な響きを伴《ともな》うふたりの会話に、レイジは耳をそばだてる。

なにか『彼女持ちの会』に問題が……？

「それが……。くぅ……なんで……なんでなんだ……、どうして……！」

「お、おい桃山！　どうした、なにがあったんだ……!?」

「先生……、『彼女持ちの会』のメンバー四人とも……、先月の会合のあと……、あのあと、全員……っ」

桃山の目が、泣いたように赤さを増す。

「全員、彼女に振られてしまったんです……！」

「はぁぁあっ!?　な……全員、振られた!?」

「……っ!?」

レイジも言葉が出ない。

まさか……現役の全メンバーが……!?

「でも、野寺《のでら》も城井《しろい》も谷田《やた》も、彼女とうまくいってるって……」

「そう思ってたのは、本人たちだけだったみたいで……」

「そんな……」

「野寺は……美術部の彼女に『なんか違う、やっぱりダサい』って、誕生日プレゼントを返されて……」

「な……っ、一番イケメンだった野寺が⁉」

「城井は、後輩の彼女から『束縛《そくばく》しすぎ、もうヤダ』って、スマホを着拒《ちやつきよ》されて……」

「あのサバサバ系の城井がか……？　まさか……」

「谷田は、彼女と一緒に成績が落ちたらしく、両方の両親から別れるように言われたみたいで……」

「テスト三日前に両腕を骨折した時も学年トップを取った谷田が……⁉」

「そして俺の彼女は……、部活の後輩と浮気してたみたいで……」

「待て桃山！　こう言っちゃなんだが、お前の彼女は、お前を狙《ねら》う何人もの女子生徒たちを出し抜いてお前を奪い取るように彼女の座を勝ち取ったはずだろ……⁉」

「……そうです……。でも、俺とは『付き合う前の友達に戻りたい』って……」

「そ、そんな……、ばかな……っ」

「すいません、今日はそれを伝えに……ん？」

桃山はようやくその時、レイジに気づいたようだった。

「先生、まさかそこにいるのって……、新しい……？」

「あ、ああ、今日から『彼女持ちの会』に参加する、平宮《ひらみや》レイジだ……」

「ど、どうも……」

紹介されたレイジは、反射的に先輩らしい桃山カツノリに頭を下げる。

「そうか……、俺は『彼女持ちの会』会長の……、う、ぅぅう……っ」

「あ、す、すまん桃山っ！」

「俺はもう、会長なんかじゃ……っ！」

泣き崩《くず》れるイケメンを折居はなんとか慰《なぐさ》めようとするが、それを振り切るように、

「レイジくん……！　キミが、キミが『彼女持ちの会』の新しい会長だ……！　がんばるんだぞ……！　キミならたぶんできる……!!」

「あ、ま、待て桃山!!」

彼女を後輩に奪われたイケメンは、もうこの教室にはいられないとばかりに廊下に駆け出した。

「す、すまんレイジ！　私は桃山を追いかける。また明日話そう！」

「は……はい！　俺は平気なんで先生は桃山さんのところに行ってあげてください！」

「本当にすまない……！」

元会長を追って駆け出す折居教諭を見送るレイジ。

「……この前まで、みんなうまくいっていたのに……？」

急に静かになった教室には、メンバーが幸せだった当時の思い出が残っているようでレイジの胸を締めつける。

「『彼女持ちの会』のメンバー全員が、彼女に振られる……？」

しかもなんだかみんな急展開だったらしい。

レイジにも予感というか、付き合ったからには『振られる』ということもあるということは知っていた。理解もしていた。

けれどあるとは知っているけど『吹き出るマグマ』を生《なま》で見たことはないように、現実感を持たないものだった。

それが今、確かに吹き出たばかりじゃなかったけれど、まだまだ熱々ドロドロのマグマの熱《ねっ》波《ぱ》を直接浴びた気分。

本当に、現実にそれはあるのだ。

「もしかして、なんの問題もないと思ってるのは、俺だけで……」

記憶。

サクヤと自分の、これまでの記憶をレイジはたどる。

「実は色々あって……、もしかしたら、来月にも……!?」

レイジの肌《はだ》から、失恋をした男から迫る熱波の余韻《よいん》はなかなか抜けなかった。

『彼女持ちの会』で起こった予想外のアクシデント。

これからの未来に暗雲が立ち込めるかもしれないと動揺する気持ちを少しでも落ち着けようと、帰宅途中のコンビニで少し高めのアイスを買ったレイジ。

「なのに、味がしない……！」

彼はそれくらいのショックを味わっていたのだが……。


一方その頃。

レイジの彼女であるサクヤは、学友と共に大学のカフェテラスにいた。

彼女はそこで、同じゼミ生であり親友でもある伊藤《いとう》エリナと仁保《にほ》ツムギに、『ひとり暮らし』の相談をさっそく持ちかけていた。

「ちょっと待って『彼氏』!?　今サクヤ、『彼氏』って言ったぁぁ!?」

だが、食いつきポイントがサクヤの想定と違った。

「ちょ、ちょっとツムギ……！　声！　そんなに大きな声出さないで……」

「いつの間に!?　あんた男とか全然興味なさそうだったのにっ！　もしかしたらサクヤは私に惚《ほ》れてる!?　とか、勝手にどぎまぎした時もあったのに!?」

カフェ中に響くんじゃないかという勢いでサクヤを問い詰めているのは仁保ツムギ。

彼女は現役大学生モデルとして活躍するサクヤの友人である。

モデルをしているくらいなので、見た目はもちろん、その所作《しょさ》もとにかく目立つ。

そんなツムギは、なぜかサクヤを一目見た瞬間から「ちょっとそこの美人！　待ちなさい！」とライバル視しており、入学直後からなにかと絡《から》み続けてくるのでいつの間にかサクヤの親友になっていたという経緯《いきさつ》があった。

普段は全体的にクールで人を寄せつけない印象もあるツムギだが、今はサクヤとエリナと一緒なせいか、さっきまではいつもよりは親しみやすい笑顔を浮かべていたのだが……。

「あれ？　ツムギは知らなかったの？　サクヤの彼氏、高校生のイケメンよ？」

「イケメンのこうこうせぃいいい!?!?!?」

ツムギに追加情報を提供したのは伊藤エリナ。

モデルとしてなかなか立派《りっぱ》なツムギと比べても、「本気か!?」と二度見するほどのスタイルを持つ優しげな美人である。

「ちょ、ちょっとエリナも……！　そこはいいからっ」

サクヤは顔を赤くしながら、どうにかふたりの話題を元に戻そうと必死だ。

なのに、

「あ、写真みる？」

「見るぅ!!」

「待ってエリナっ！　それ私のスマホ……！」

早業《はやわざ》だった。

エリナは何気ない動作でサクヤの手を取り、スマホの指紋《しもん》認証を突破すると一瞬でフォトアルバムを開いた。

「な……っ」

ディスプレイには、サクヤが厳選したレイジのイケメンショットの数々が並んでいた。

「イケメン!!　イケメンじゃん!!　ちょっとこれ、どういうこと!?　あとなんで全部隠し撮りっぽいの!?」

「ぐ、偶然だから！　イケメンなのは偶然で、レイジとは幼馴染《おさななじ》みっていうか、弟の友達っていうか……」

「アアアアア!!!　弟の友達ィ!?　なにその胸キュン設定!!」

ツムギはそのまま後ろに倒れるんじゃないかというほど椅子《いす》の背にのけ反《ぞ》り、

「ねえサクヤ今幸せ!?　幸せ!?」

ぎゅんっと元に戻りながら耳まで赤いサクヤをのぞき込む。

「ま、まあ、うん……」

「ほんとおめでとぉぉぉ!!!　アアアア!!　さすが私のライバル！　彼氏もスゴイ！」

「（ツムギもいい子なんだけどな……。美人モデルだし……）」

そんなふたりを見ながら、エリナは冷めた紅茶を飲み干す。

「で、サクヤはそんな彼氏くんとの時間をもっと取りたいから、ひとり暮らしがしたいと」

「ま、まあ、それだけじゃないんだけど……っ」

「それだけじゃなくないでしょ!?　彼氏ともっといちゃいちゃしたいからなんでしょ？　このえっち！」

「え、えっちじゃないもん……っ！　ばかっ、ツムギのばかっ！」

「えっちよりはばかの方がいいです～！」

「（小学生かよ……）」

というセリフを呑《の》み込み、エリナは続ける。

「それで、えっちなひとり暮らしのためにもサクヤはバイトを探したいのよね」

「だぁかぁらぁ～！」

はいはいとエリナはサクヤをなだめ、

「あいにく私は、ぱっとは思いつかないかな。ツムギはなんか知らない？　いいカンジのバイト」

「え……？　今さら？？　私、ずーっとサクヤを誘ってたよね？」

「あ……っ。ち、ちがうの！　ツムギのところって、だってそれは……」

「サクヤだったら絶対できるって言ってるでしょ？　モデルのバイト！」

気づくのが遅れたサクヤ。

そう、ツムギは出会って五秒でサクヤをモデルにスカウトしてきたのだ。

ツムギ曰《いわ》く、美人を無料でその辺へただ洩《も》れにしているサクヤを見ているのが我慢《がまん》できないらしい。

サクヤを、自分と同じモデルという立場にして共に切磋琢磨《せっさたくま》したいということらしいのだが……。

「だ、だから、モデルのバイトは……恥《は》ずかしいっていうか……」

「待って！　私が誘ってるのわかってて相談したんだからそういうことでしょ!?」

「で、でも……」

「ちなみに、サクヤはどのくらいバイトで稼《かせ》ぎたいの？」

エリナは愛用の計算機を、すっとサクヤの前に押し出す。

ちなみにエリナはツムギとはまた違う『お仕事』をしているのだが、それは今は置いといて……。

「えっと、ちょっと待って。ひとり暮らしにいくらかかりそうか計算してみたんだけど……」

サクヤは、タカタカと計算機のボタンをはじく。

「これくらい」

「あ～」

「なるほど……」

借りる部屋の敷金礼金、初月と数カ月分の家賃。

そこに引っ越し費用や改めて揃《そろ》える必要がある食器類などなど。

自分から言い出した手前、両親の援助もそんなには期待できないとなると自前で用意する金額は結構なものになる。

「すぐにでもひとり暮らし始めたいのよね？　だったらこれ、普通のバイトじゃムリね」

「あ〜……、これは、うん、ちょっと」

エリナが頷《うなず》くならほんとうだろう。

「や、やっぱり…………」

「で、でも、フツーにバイトしてたらの話よ？」

見る見るしょげるサクヤを、ツムギは慌《あわ》ててフォローするが、

「そ、そう……？　でもこれなら、ちょっと頑張れば……。……よ、夜のお仕事とか」

「サクヤにそんなことさせられるわけないでしょ!?　だいたいサクヤにはできないからっ！」

「そ、そんなこと……！」

「きっとお酒とかこぼしたり、うっかりにうっかりが重なって酷《ひど》いことになるんだから！」

「う……っ！」

「あなた、どれだけ私たちが料理ができるようになりたいって言い出したあなたの練習に付き合ったと……」

「確かにあれは大変だった気が……」

「う、うん！　ふたりにはとっても感謝してる！　おかげで、料理がすごく上手《うま》くなったし……」

「って、あれ？　待って？　まさか、これって、この高校生イケメン彼氏のため!?」

「……う、うん……」

「ちょっとー!!　もう絶対モデルバイトしてもらうんだからっ！」

「ち、ちなみに、料理は本当にうまくいったの……？」

本当にうまくいったのだが、それが恥ずかしすぎて照《て》れ隠しが暴走、レイジへの愛情が振り切りすぎてどうしていいかわからず、タバスコをかけ過ぎたりもしたのだが……。

「うん、ふたりともありがとう！　レイジにおいしいって褒《ほ》められたから……っ」

「よ、よかった……。じゃ、ないわよっ！　本当にできたの？？」

「で、できたもん！　私、レイジの前だとすっごくお姉さんなんだから！」

「サ、サクヤがお姉さん……？　本当に……!?」

エリナとツムギからすると、サクヤは『妹タイプ』で常《つね》にフォローが必要な甘えん坊さんだ。

彼氏の前のお姉さんなサクヤが想像つかない。

「でも、そっか……。すぐにひとり暮らしはやっぱり……」

「ちょ、ちょっと待って！　だからサクヤ、やるわよ？　モデルのバイト！　あんたなら、それくらいすぐに稼げるようになるんだから」

「ほ……本当に？」

レイジの話題直後ということもあり、サクヤの中でギアが一段上がる。

「……ちなみにツムギ。モデルのバイトって、いくらくらい、もらえるの……？」

「ふふん？　えっと……特別よ？　今の私で……これくらい」

ツムギはサクヤからすっと押し出された計算機をポチポチとたたく。

「わお♪」

声を出したのはエリナで、

「ツムギ……」

かっと目を見開いたのはサクヤだった。

「なに？」

「た、頼める……？　私、頑張ってみてもいいかなって……」

「もちろんいいわよ？　だから前から言ってるじゃない」

「ありがとうツムギ……！」

ぱっと笑顔を輝かせるサクヤ。

瞬間、ツムギにいたずら心とでもいうべき、悪い考えが浮かぶ。

「あ〜、でも……、そうね。一個だけ条件があるかな」

「なに？　なんでも言って？」

「レイジくんっていったっけ？　彼氏。今度会わせて？」

「え……？　ま、待って、でも……っ！」

ツムギとしては、こうして恥ずかしがるサクヤを見れただけでも十分。

冗談だからと話題を変えようとしたのだが、

「えっと、レイジはやっぱり男の子だから……」

サクヤがなにか言い出した。

「エリナとツムギに、なんというか、と、ときめいちゃうかもだし……！」

「い、いや、さすがに友達の彼氏に手は出さないわよ……？　それに……」

逆にツムギが動揺する。

そんなことをする彼氏は、逆に私が蹴《け》っ飛ばす！　とでも言い出しそうなツムギに、

「大丈夫、どんな男子でもサクヤから乗り換えるとか絶対にありえないと思うから！」

「で、でもレイジはまだ高校生だし……！」

「サクヤの気持ちはわからなくもないけど……、えっと、レイジくんとは幼馴染みでもあるのよね？」

「うん、レイジとは、子どもの時から……」

「レイジくんって、昔からそんな浮気性な感じなの？」

「ち、ちがうっ！　レイジはそういうんじゃなくて……」

「なら、平気でしょ？」

「う、うん……」

あ、あれ？　冗談だったのに、本当にレイジくんと会う流れになってる？　と慌てるツムギをよそに、

「じゃあ、こうするのはどう？」

エリナは提案する。

「ツムギ、今、男性モデル探してるって言ってなかった？」

「あ、うん。事務所が今探してるみたいで……」

「レイジくんて、かなりのイケメンよね？」

「ま、まあ……、いまも相当だけど、これから磨《みが》けばもっと光る、みたいな……？」

「じゃあ、サクヤとレイジくん、ふたり一緒にモデルバイトってどう？」

「レイジと一緒に、モデルのバイト……!?」

「……あ、いいわね、それ……！　私、さっそく連絡してくる。ちょっと写真のデータもらえる？」

「ま、待ってツムギ……！　レイジにも、聞いてみないと……」

「そうね、じゃあさっそく聞いてみたら？」

「う、うん……」

サクヤ〈ねえ、レイジ。私と一緒にモデルのバイトができるっていったら、する……？

レイジ〈します！！！！

「即答ね……」

「じゃあ、話すすめるから」

「え、え……、レイジと、モデルって……」

こうして、サクヤの『ひとり暮らし大作戦』が始まる。

レイジの腹筋はくっきり割れている　Part 7

週末。


都内某所にある高級レジデンス内。

その一室にある撮影スタジオにて。

「（どうして……こんなことに……？）」

「いいねいいねレイジキュン！　ちょっとシャツのボタン、外してみようか？」

「あ……、はい……こんな感じで……？」

「ああああいいいいねえええええ！　それちょうだいいいい！」

バシャバシャバシャバシャバシャ!!

レイジは巨大なレンズをつけた重たそうな一眼レフを構えたカメラマンから、熱い連写を受けていた。

サクヤさんに突然、『モデルのバイトしてみない？』と誘われて。

嬉《うれ》しくて。

今ならそういうのもいいかも。

なによりモデルのサクヤさんが見たいとついてきた。

レイジはもちろん、サクヤと一緒の思い出をもっともっと作りたかった。

時間を共有したかった。

そして『彼女持ちの会』の先代たちの無念を見てしまった現会長としても、サクヤさんのことをもっと知りたくて……。

絶対に自分ひとりだったら降りない都内の駅を降りて、サクヤさんのお友達だというモデルの人と落ち合ってこのスタジオにやってきて。

そして、先にメイクされて、衣装をまとってカメラの前に立ったサクヤさん。

予想通りものすごく可愛《かわい》くて、文字通り見惚《みと》れてしまった。

「（絶対にこの雑誌買う……！）」

友人のツムギさんやカメラマン、もっと色々知ってそうなディレクターっぽい人にアドバイスされながら。

たどたどしかったのは最初だけ、すぐにコツをつかんで自然に振る舞うサクヤさんには、きっと才能があるんだとレイジは思う。

そしてレイジにとっての至福の時間はあっという間に過ぎ去り。

「さ、今度はレイジの番ね？」

と、さっきまでカメラの前にいたサクヤさんに言われてドキドキして。

「あ……はい……っ」

ふわふわした気持ちのまま、自分もメイクとかをされて、照明の前に引っ張り出されたら、なんか周囲がざわざわしてる気が……。

◆

「（やだもう、なんなのレイジぃ……っ！）」

カメラの前で、指示されながらポーズをとるレイジに、サクヤも釘付《くぎづ》けだった。

メイクやヘアセットを専門のスタッフに整えてもらったレイジは、予想通りやばかった。

「ねえ、レイジくんて本当に今日が撮影初めて……？」

ディレクターとなにか打ち合わせのようなことをしていたツムギが聞いてくる。

「う、うん……そのはずだけど……」

サクヤも驚いていたし、『でもレイジなら』というなんだか誇らしい気持ちもあって。

でもレイジは以前、サクヤが連れて行ったeスポーツの大会。

他にもクイズ王選手権や大食い競争なんかでもいい成績を出していたはず。

レイジは初めてチャレンジするものでも上手《うま》くやれるタイプだからと納得しかけたその時、

「……あ、待って？」

記憶がよみがえる。

「レイジって確か、子どものころにモデルっていうか、子役で役者をやってた気が……」

「それか……。うん、カメラとかスタッフの目を全然意識しないとか。素人《しろうと》じゃない感じだったから」

「え……でも、それだけ……？」

一緒に見学に来ていたエリナ。

そしてツムギとサクヤも釘付けになっていたのは、レイジの筋肉である。

特に大胸筋《だいきょうきん》と腹筋《ふっきん》がエグイ。

「レイジキュン！　大胸筋も腹筋もめっちゃ切れてるね！　エッジが立ってる！　なにかやってるの？」

カメラマンがアシスタントに指示だしをしていて休憩《きゅうけい》中のようだった。

「えっと、俺……ジムに通ってて……。あ、確かこの近くにも支店があるって」

「この近くにも……、もしかしてゴーダッシュ？」

「あ、そうです！」

「俺もそこ通ってるよ！　奇遇《きぐう》だね～」

「はい、SATORUさんとか、有働《うどう》さんとかに見てもらってて……」

「え？　SATORUに？　オレ、SATORUとは友達なんだよ！」

「そ……そうなんですか!?」

「……あ！　もしかしてレイジくんて、あのレイジくん？」

「え……？」

「もしかしてSATORUが言ってたスゴイ新人って、君か!?　聞いてるよ～！」

「え、あ、いや……俺は……」

「ミット打ちで有働っちが浮いたんだって!?　どんな蹴《け》りだよと思ったら、その筋肉としなやかさ……、これは本当かもしれないな！」

「きょ、恐縮《きょうしゅく》です……！」

ジム談義で盛り上がり始めるレイジとカメラマン。

「しかもなんか、打ち解けてるし……」

カメラマンに誘われてジムに通い始めたというスタッフも交えながら再開される撮影。

そんな現場に感心するツムギとエリカ。

そしてシャッターを切られるレイジに、サクヤはむずがゆくてしかたがなかった。

「（みんなもっとレイジを褒《ほ》めて～！　レイジは本当にすごいんだからっ！）」

「……あれ？　ツムギ？」

エリナがツムギの腕を叩《たた》いている。サクヤも遅れて気がついた。

「さっきからツムギのスマホ、ムームー言ってない？」

「なにかのアラーム……？」

尋《たず》ねるサクヤに、スマホをチェックしたツムギは軽く息を呑《の》んだ。

「あ、やば。今日は妹も撮影なんだった」

パシャッ
パシャッ
細マッチョ…!
パシャ
はあんっ…!
もうなんなのあの筋肉っ!
こ、こんなにマジマジ見ていいものなの!?
ま、まあ、
撮影ですし……?
つまり、レイジの筋肉はみんなのものっていうこと!?
ハッ…!
え、え……っ?
確かにレイジって格闘技もしてるし…
あ、ということは……!
だらだら…
うごくな!!
パァーンッ
はー!!
ムキッ
カキーンッ
レイジすごいいい…!
そ、それは無理です…!

仁保《にほ》ツムギの妹、仁保ミアは姉よりガチでモデル業に力を入れている女子高生である。

「おねえちゃあん！　スタジオってどこ!?」

姉よりもずっと前、幼少期からキッズモデルとして活動を始め業界歴は十年を超えている。

「わかってるよ！　何度も行ったことあるし。そのたびに迷ってんの！」

メイクの関係でミアの入り時間は他のメンバーより後ろだったとしても、このままでは遅刻。

「あー！　見えた！　わかった！　あったから切るね！　じゃ！」

スマホを切ったミアは軽快に走り出す。

クラスメイトたちが見たら驚くだろう。

教室での彼女はいつも気だるそうだからだ。

厳しくも華《はな》やか。大人の世界を幼《おさな》い頃から知るミアにとって学校は退屈だ。

男子は子ども過ぎるし、女子は全員、名乗らなくても自分のことを知ってくれている。

仕事をしてお金を稼《かせ》いでいるという意味では教師とも対等だ。

もちろん、クラスや学年におけるカーストはほぼトップ。

みんな自分のために動いてくれる。

誰にも気を遣《つか》わなくていい高校生活は、彼女にとって凄《すさ》まじくイージーモードだった。

「おつかれさまでーす！」

姉やその友人たちが先に撮影を始めているという高級レジデンスのハウススタジオに到着。

ぎりぎりでも遅刻じゃないならＯＫ。

機材やスタッフの中から、すぐに姉のツムギを見つける。

そのすぐ隣。

姉が連れてきたという友人らしき女性がふたり、カメラマンの視線の先にある被写体《ひしゃたい》を熱心に見ている。

それを目で追った仁保ミアの身体《からだ》が、ふっと止まる。


スタジオの一画で、ひとりの青年の撮影が続いていた。

ミアは男性モデルが今日、撮影に入っているとは聞いていていない。

聞いてはいないが、まあそういうこともある。
姉からは友達がモデルに挑戦するとだけ聞いている。
あの青年も誰かの友人とか、誰かのコネで来たモデル志望なのかもしれない。
ミアは特に男が苦手というわけではない。
こんな光景は日常も同然。
普通はスルーする。
だが『彼』だけは無視できなかった。
「うそ……でしょ？」
心臓が急に激しく脈打ち、脳に血流が増えて一瞬クラっとする。
クラスで、『ミアは恋愛に興味ナシ』と思われている。
誰にも言ったことがなかったが、明確な理由が彼女にはあった。
ミアは『白馬の王子様』を胸のなかに潜《ひそ》ませていた。
架空《かくう》の王子さまではない。
興味が薄れてしまったモデル業を続けようと思った理由。
それを作ってくれたとある『少年』に、彼女はずっと想いを寄せていた。
「いた……。やっと、会えた……」

一目見てわかった。

あれは『レイくん』だ。

今すぐ駆け寄りたい衝動を抑えたのはプロ根性があったから。

ミアはスタジオをひらりと泳ぐ。

「(もう、逃がさない……!)」

なぜか上半身裸《はだか》の『レイくん』をちらちらと意識し、頬《ほお》を赤らめながら、ミアはスタッフの荷物が置いてあるテーブルを見回す。

「(あった……!)」

履歴書《りれきしょ》。

日ごろから「この業界、コンプライアンスどうなってるの?」と首をかしげていたミアだが、今日だけはこのユルさに感謝した。

なぜかミアは、『彼』がこの仕事に今日から復帰したのだと直感していた。

ずっと業界中を捜していたのに見つからなかった理由はそれしかない。

ミアはスタッフがこっちを気にしていないのを確かめ、急いで『レイくん』の写真が貼《は》りつけられた履歴書を盗み見た。

「うそ、家、近いじゃん……!」

ミアの胸の高鳴りが、別のリズムを刻《きざ》む。

わかってはいたが、年齢は一緒……。

なら『レイくん』もやっぱり高校二年生のはず。

だったら、

「って、……さすがにウソでしょ……!?」

学歴の欄《らん》。

その一番下には、ミアが通っている高校と同じ名前が書かれていた。

「な、あ……っ?」

そしてミアは、本来一番最初に見るべき名前の欄を確認する。

平宮《ひらみや》レイジ

そう書いてあった。

奇跡的に、かろうじてその名前をミアは憶《おぼ》えていた。

「同じ、クラス……」

ミアは膝《ひざ》から崩《くず》れ落ちる。

「ミア、来てたの？」

「お、おねえちゃんっ!?」

慌《あわ》てて立ち上がり、振り向く。

「メイクの時間までもうちょっとあるよね？　紹介しとく」

姉の友人、南条《なんじょう》サクヤと伊藤《いとう》エリナが挨拶《あいさつ》してくる。

だがミアは上《うわ》の空だ。

「それとこっちの男子が平宮レイジくん」

「どうも……」

「あ……う、うん……」

「あれ……？　ミア？　どうしたの？」

いつも自然体な妹がさっきからギクシャクしている様子に、姉のツムギもようやく気づく。

「あ、えっと、実は……」

切り出したのはレイジ。

「仁保ミア……さん、ですよね」

「え、知り合い……？」

姉も友人たちも驚いている。

「えっと、実は同じ学校なんです……」

「そうだったの!?　ミア、本当？」

「う、うん……たぶん、おんなじクラス……」

驚くツムギ。サクヤとエリナもこの偶然に驚いているらしい。


——ただ、レイジはまた別の角度で驚いていた。


驚いてもいたし、なんだかいたたまれなかった。

レイジはクラスメイト、仁保ミアに対してつい最近、ちょっとしたトラブルに巻き込まれていた。

彼の陰《いん》キャ仲間がひとり、彼女に振られているのだ。

名前を伊藤ユウタ。

彼は仁保ミアのコスプレグラビアに一目惚《ひとめぼ》れし、そして告白する前に撃沈していた。

彼女こそ、伊藤ユウタが想いを寄せた『美少女A』。

学年カーストの最高位に君臨《くんりん》する『Ni-homia《ニーホミア》』こと、仁保ミアなのである。

「待って！　待ってお姉ちゃん！　レイくん彼女いるの!?　ウソでしょ!?」

「ずっと幼馴染《おさななじ》みだったんだって。現場にサクヤっていたでしょ？　今日モデルとして事務所に紹介した」

「いた気もするけど……」

「まあ……レイジくん、かっこよかったしね。ミアがびっくりするのもわかるわー」

だがミアの姉は、妹が軽く失恋めいたショックを受けていることに気づいていなかった。

「ウソでしょ……？」

詳《くわ》しく姉から聞き出せば、付き合い始めたのはつい最近らしい。

それまでずっとお互いに片思いだったものが、とあるきっかけで思いが通じ合い、付き合い始めたのだとか。

「なにそれ私と一緒じゃん……!!」

小学校低学年のころ。

ミアは、自分でやりたいと言って始めたキッズモデルが面白《おもしろ》くなくなってしまっていた。

モデルとかって、もっと自由で楽しいと思っていた。

けれど大人はああしろこうしろ。

もっとこっちのほうがいい、君のために言っているんだと操《あやつ》ろうとしてきた。

大人が偉いことはわかっている。

だが、それを聞いてカメラの前に立つミアの気持ち、そして自分の内面と表情と表現は次第《しだい》に離れ離れになっていった。

そして早熟でもあったミアはとある台風の日、偉い大人と大ゲンカをしてスタジオを飛び出してしまった。

そんなに自分が大切なら、大人たちは自分を捜しに来るはずだ。

けれど。

暴風雨吹き荒れる街に、誰もミアを迎えに来なかった。

ただひとり。

びしょびしょで、くるぶしまで増水した水に浸《つ》かった彼女を見つけてくれたのが、『レイくん』だった。

「ミーちゃん今のそれ、すっごくかっこいい！　ぼくカメラ持ってくればよかった！」

「な、なに言ってんの……？」

傘《かさ》もささずびしょびしょのまま自分を捜し当ててくれたレイくん。

その日からしばらく、ミアはレイくんに会うためにモデルを続けていた。

他の大人がどんなに自分を叱《しか》ったり褒《ほ》めたりしてきても、レイくんの何気ない一言が一番うれしかったし、心に残った。

けれど、ある時を境《さかい》にレイくんは姿を現さなくなってしまった。

連絡先も照《て》れくさくて交換していなかった。

あの時のように、仕事場で見つけてもらうのがなにより好きだったから。

ミアはもう一度会うことができたら告白しようと決心した。

だからモデルの仕事を頑張って続けた。

レイくんに見つけてもらえるように、トップになってみようともしていた。

でもさすがに十年近く会えなかったから、もうムリとも思っていた。

モデルに対して、他のやりがいも見えてくる。

半分、忘れていたレイくんの存在。

いつか、あと十年くらいたってから、インタビューとかで話そうかと思っていたその矢先。

「同じクラスにいたのなら、話しかけてきてくれてもよかったじゃん!!」

お互い様ではあったが、あのレイくんが陰《いん》キャになっているとは思わない。

たぶんお互いフルネームも知らなかったし。

「でも同じクラスだし。私にもまだチャンスあるよね……！」

相手は歳《とし》の差カップル。

それに加えて、自分は毎日レイくんに会える。

このアドバンテージは大きい。

レイくんを奪うつもりはない。

「でも、レイくんが改めて私を選ぶならしょうがないよね……？」

あの学校で、自分が本気を出すことになるとは思ってもみなかった。

「でも……」

持て余していた、学年カーストトップという力。

今こそ、使う時かもしれなかった。

「レイくん、今度は逃がさないんだからね」

距離感が問題だった。

仁保《にほ》ミアはクラスの片隅《かたすみ》をちらりと盗み見る。

そこには他のクラスから来た陰《いん》キャとぼそぼそと楽しげになにか喋《しゃべ》っているレイジがいた。

ミアは自由に振る舞える。

それが学年カーストトップ。

メジャーな青年誌のグラビアにも登場したこともあるモデルの影響力。

今や事務所からも大切にされ、最近ではタレント活動やファッションコラムなどの活動も増え始めている『Ni-homia《ニーホミア》』こと『仁保ミア』なのだ。

他の高校生とは、そもそも生活しているレイヤーが違う。

だから今ここでスッと立ち上がり、レイジに近づいて行って、

「昨日はお疲れ。現場で会うなんて十年ぶりくらいだったよね。驚いちゃった」

とか、話しかけるなんてどうってことないはずだった。

クラスに出来上がっている雰囲気《ふんいき》なんかどうだってよかった。

周囲はざわつくだろう。

でもそんなの関係ない。

やりたいようにやればいい。

それが自分には許される。

――けれど体が動かない。

仕事するときだって緊張なんてしない。

でも今、ミアの全身にはじわっと汗《あせ》がにじむ感触がある。

レイジには年上の美人の彼女がいる。

わかってる。

でも、私が話しかけて仲よくすれば、それも時間の問題。

毎日こうやってクラスで会える環境は絶対的なアドバンテージ。

仁保ミアは、告白されることに慣れている。

異性に好かれることに慣れている。

けれど、誰かに惚《ほ》れてしまうことには慣れていなかった。

具体的に言えば、惚れた相手が何を考えているのかがわからない。

いつも相手に気を遣《つか》わせてきたミアである。

「(今、レイくんに話しかけたら、なんて思われる……!?)」

そう思ったとしても、想像がつかない。

でも知りたい。

自分がどう思われているのか、すごく知りたい。

もしかしたらレイジは、モデルの仕事をしていることをみんなに秘密にしておきたいかもしれない。

そこで自分が昨日のことを話題に話しかけてしまったら、よく思われないかもしれない。

というか、はっきり嫌われてしまうかもしれない。

「はぅ……っ」

ミアは、胸に沸き起こった鈍《にぶ》い痛みに思わず小さく声を出してしまう。

「あれ？　なんかあったん？　ミア」

「ううん、なんでもなーい……」

同じギャル系の、クラスの仲間に驚かれる。

「(私、どうしちゃったの……?)」

ミアは慣れていない。誰かに恋することに。

しかも、すでに相手に彼女がいるなんて。

モデルという立場にしても、ここではレイジと対等。

相手に嫌われることなんて考えたこともなかったミアは、レイジの前ではただの少女になってしまっていた。

◆

「ミ〜ス〜ズ〜……?」

「(ひぃやぁああ〜! ニーホミア様だぁぁ〜!)」

昼休み。

岡田《おかだ》ミスズは友人たちとお昼を食べ、お手洗いに行った帰りだった。

仲間のひとりが職員室に用があるというので、一瞬ばらばらになった隙《すき》を狙《ねら》われた!?

「え……あ、ど、どうしたの、ミアちゃん」

「あ、ミアでいいよ？」

「えっと、じゃあミア……。ミアも今、ひとり？」

「うん。ミスズ、ちょっといい？」

「いいけど……」

レイジくんにバイトのレクチャーをしたのをきっかけに。

……いや、アヤトくんから頼まれてレイジくんにバイトを紹介したことがきっかけで。

新米ギャルのミスズの環境は、なにやら大きく変わってしまっていた。

ギャル仲間からはなぜか一目置かれるようになるし、みんなもやってる『ファストグラム』というSNSのフォロワーもびっくりするくらい増えている。

そしてついに、カーストトップの、あの『Ni-homia』にまで声をかけられてしまった。

ミスズからすればミアは芸能人といっていい。

ファストグラムのフォロワーも自分とは桁《けた》が違う。

そんなミアの声音《こわね》から、なぜか自分を頼るような、ちょっと甘えて拗《す》ねたような印象を受けていたミスズ。

ミアとは片手で数えるくらいしか喋ったことはなかったけど……。

ほぼ、初めてふたりっきりで、この距離感。

やっぱりギャルってすごい。

でも、よくわかんないけど、ギャルデビューしようとしたときに夢見た状況に近いのかもしれない……！

ミスズはギャルスキルを総動員してスマイルを浮かべ、ミアと一緒に人気《ひとけ》のない教室のベランダまでやってきた。

「ねえ、ミスズって、レイくん……。あ、えっと……平宮《ひらみや》レイジって知ってる？」

「う、うん。ちょっと前にだけど、バイト紹介した。イートミーツの」

「うんうん、聞いた。そうなんだってね」

ま……まさか!?

「はぁぁ……、彼女いるんだってね、レイくん……」

やっぱり被害者いたぁぁあああ～!!

「そ、そうみたいなんだよねぇぇ……」

ミスズはできるだけ、なんでもないように答えるが、
ぐいっと。

ベランダの手すりに寄りかかっていたミアは、ミスズの肩に自分の肩をぶつけるように押し当ててきた。

ご愁傷様《しゅうしょうさま》とでも言うように。

「ミ、ミア……？」

驚きと共に、ミスズは一気にミアに親近感を抱く。

仲間なのだ……!!

「ミスズはレイくんのこと、どう思う……？」

「う、うん……っ!?　……あ、うん……っ」

「……え？　は？　ミスズ……!?　ちょ、あんた、目、真っ赤……、泣い……」

ミスズはミアにぐっと脇腹《わきばら》を抱かれたのをいいことに、そのままいい匂《にお》いのするモデルの肩口に顔を伏せた。

「(はぁぁ……っ、アヤトくんごめん……、私、よくわかんないけどミアを応援する……っ)」

ミアはミスズの腰に回した手でポンポンと彼女を気遣《きづか》いながら、涙を流す彼女と友達になれる気がしていた。

『彼女持ちの会』会長、レイジの社交術
Part 11

「あんた、本当にレイくん……？」

ミアに話しかけられた。

放課後。

もう食事は出さないが、テーブルが開放されている学食に向かう渡り廊下で。

「……え？　仁保《にほ》さん!?」

「ミアでいいって。苗字《みょうじ》だけで呼ばれるの、あんまり好きじゃなくて」

レイジはミアに声をかけられていた。

もちろんレイジはミアが学年のカーストトップに近いことは知っていた。

それに、ちょっとした因縁《いんねん》（？）もある。

学校で声をかけられることなんてないと考えていたし、それはこれからも変わらないと勝手に思っていた。

だからレイジはまさか自分が呼ばれているとは思わず反応が遅れた。

周りに人の気配はない。

人違いじゃなさそうだった。

「で、でも……」

「ミアがいやなら、『ミーちゃん』でもいいけど」

「ミーちゃん……!?」

もやもやしていた記憶がそこでようやくレイジの頭の中ではっきりする。

「っていうことは……、ミアさんって、やっぱり小さい頃、一緒に遊んだ……」

「あ、憶《おぼ》えてて、くれたんだ……」

「え……?」

くるっとミアが顔を背《そむ》けて、体ごと横を向いてしまう。

けれどレイジは彼女が耳まで真っ赤にしていることに気がつかない。

「えっと、ミアさん……」

「そこはミーちゃんで」

「……まさか、ミーちゃんがミアさん……っていうか、ミアさんがミーちゃんだったなんて」

レイジにとって、幼《おさな》い頃に強制されていた芸能活動はつらい思い出が多い。

けれど、とあるスタジオで出会って、それから歳《とし》も近いせいか現場でよく会うようになった『ミーちゃん』との思い出は、少ないながら楽しい記憶のひとつだった。

「す、すいません、全然気づけなくって」

「十年も前だし、しかたないよ」

ミアは怒っているわけではないらしい。

レイジはほっとするが、

「っていうか、なんでレイくん陰《いん》キャなのよ。昔はそうじゃなくなかった？」

「い、いや、たぶんずっと俺、こうだったと思いますけど……」

「ふぅ～ん？　そうだったんだ……？」

うおっ、軽蔑《けいべつ》の目!?

美しい思い出を、頼むから書き換えないでくれ……！　レイジは祈った。

「ねえ、私って、レイくんにほら……『台風の日』のこと、ちゃんとありがとうって言った？」

「あ、あの時……ですね……？」

――『台風の日』。

確かあれは、ミーちゃんと出会って半年くらい経《た》ったころのこと。

女の子の方が成長が早い。反抗期的な時期でもあったのだろう。

理由ははっきりと覚えてはいない。

でも、確か理不尽《りふじん》なプロデューサーに振り回される大人たちを見ていたミアが、声を上げたんだと思う。

けれどミアは、彼女がプロデューサーからかばったはずの、信頼する大好きな大人たちから、逆に大きな声で怒られてしまったのだ。

どう見てもミアが言ってることが正しい。

でも正しいからこそ、プロデューサーの前で大人たちはミアを怒るしかなかった。

そしてこの大きな理不尽を前に、ミアは混乱して、外に飛び出していった。

抗議の意味もあったし、湧《わ》き上がる怒りをどうしたらいいのかわからなかったんだと思う。

折しも上空には大型の台風が接近していた。

降りしきる雨の排水が間に合わず、一部地域では道路が冠水《かんすい》するくらいの暴風雨。

その中に飛び出したミアを、もちろん大人たちは捜索したが、やがて二次災害を恐れて断念。

幹線道路下のアンダーパスで、膝《ひざ》まで水に浸《つ》かって茫然《ぼうぜん》としていたミアを見つけたのが、レイくんことレイジだったのだ。

『見つけた、ミーちゃん……！』

『レ……レイくん!?』

ミーちゃんは酷《ひど》く怯《おび》えていた記憶がある。

『ほら、帰ろう？　ミーちゃん風邪ひいたら変な夢ばっかり見るんでしょ？』

『う、うん……！』

ミアはレイジに手を引かれ、スタジオに戻ることができた。

三十分後、そのアンダーパスは完全に水没していた。

ミアがそれを知ったのはもっと後になってからだったが、嵐の中、どうしていいかわからなくなっていた自分を助けてくれたのが平宮《ひらみや》レイジだった。

彼を実在の『白馬の騎士』だと感じてしまったミアに、いったいどんな落ち度があるのか。

「あの時、結構大変だった気がするから……私、レイくんになに言ったかあんまりよく憶えてなくて」

「俺もあんまり……でもたしか、ふたりともびっちょびちょで、スタジオのシャワーとタオルを借りたんでしたっけ……」

レイジもおぼろげながら思い出す。

「その時のお礼、言った覚え、なかったし」

「そうでしたっけ……」

あの時はありがと、と、ミアはつぶやくようにレイジに告げた。

「それから、えっと、あんたの友達にも、ちょっと悪いことしたと思ってる」

「あぁ……、いや、あれは、なんていうか……」

ミアは、レイジの陰キャ仲間の所業《しょぎょう》について言っていた。

彼女にしては珍《めずら》しく青年漫画雑誌の特集グラビアでコスプレを披露《ひろう》するという企画《きかく》があった。

レイジからしたら、その時のキャラクターのフィギュアを校内で展開した伊藤《いとう》ユウタが全面的に、10対0で悪い。

「これ、あのフィギュアの人に渡してもらえる……？」

「あ、これって……！」

ミアが手渡して来たのは、カードサイズの紙片。

いわゆる撮ってすぐに現像されるインスタントカメラのフィルム、いわゆるチェキである。

そしてこれは確か読者応募プレゼントでしかもらえない、コスプレ姿のミアの、直筆サイン入りのもの。

「予備に作ってあったやつだから、気にしないで」

「う、うん……！　すごく喜ぶと思う！」

「あ……あんまり見ないで」

「あ、ご、ごめん！」

食い入るように見てしまっていたのだろう。

コスプレ衣装は布面積が少ないタイプで、確かに本人の前でじっくり見ていいものじゃない。

「……じゃ、またね」

ミアはくるっと踵《きびす》を返して校舎の中に戻っていく。

彼女は胸の前で小さくガッツポーズをしていたが、レイジからはもちろん見えない。

「ミーちゃん……ミアさんって、本当はいい人なんだなぁ……」

ミアとはなるべく、レイジも仲良くしたかった。

たぶん、サクヤさんはひとり暮らしするためにも、モデルのバイトは続けていく。

そしてレイジもサクヤさんから誘われたお仕事なのだ。

サクヤと一緒に歩んでいく助けになるかもしれないものは、今のレイジにとってはどんなことでも大事だった。

『彼女持ちの会』で学んだ悲劇を、元会員の先輩たちのためにも繰り返すわけにはいかない。

そしてミアは、サクヤさんにモデルの仕事を紹介したツムギさんの妹だった。

できるだけ仲良くしておかないと、きっとサクヤさんにも迷惑がかかってしまうだろう。

逆にミアとここで良い関係をつくっておけば、今後サクヤさんの役にも立つはず。

最初は仲良くするなんておこがましいかもと思っていたけれど。

今の感じだったら、なんとかうまくやっていける気がするレイジだった。

「ふぅ……。さて、このチェキをどうするか……」

レイジは今から、学食にいる陰キャ仲間と合流するつもりだった。

そこに伊藤ユウタもいるだろう。

彼にこれを「はいこれ！」と渡して済む話ではない気がする。

一通り、事実を伝えるべきだろう。


「あ、みんな～」


というわけで、レイジはこれまでに起こったことを、陰キャ友達に全《すべ》て話した。

「というわけでユウタ、これ、ミアさんのチェキ」

「待て待て待て待て！　多い多い！　情報が多すぎる!?」

「どういうこと!?　え、レイジに年上の彼女……!?」

「しかも幼馴染《おさななじ》みのお姉さん!?」

「さらにはあの南条《なんじょう》アヤトの姉……??」

「そしてその彼女さんのモデルバイト先で、あの『Ni-homia《ニーホミア》』と再会!?」

「実は子どものころに出会っていた……!?」

「その縁《えん》でこのチェキを？」

「どんなラノベか漫画だよ………！」

「いやあ、現実って怖いね」

言葉にされるとレイジにもよくわからなくなってくる。

とっさに自分の頭がおかしくなったのかとも思ったが、手にはチェキがある。

どうやら夢ではないらしい。

「で、ユウの字。このチェキなんだけど……」

「う……受け取れぬ！　自分はそれ、受け取れぬのだ……!!」

「え……？」

ユウタは学食のテーブルに突っ伏している。

「拙者《せつしや》、『Ni-homia師匠《ししよう》』から、まだおいそれとなにか受け取れる立場ではない故《ゆえ》！」

「く、詳《くわ》しく聞こうか……？」

伊藤ユウタが仁保ミアに惚《ほ》れたのは事実だった。

今や最新の黒歴史。

彼が、ミアがコスプレをしたキャラのフィギュアを持ち込み、どうにか彼女との会話の糸口を見つけようとして、「キモ！」と一蹴《いっしゅう》されてしまったあの事件以来。

どういうわけだか、ユウタの中で失恋が反転。

フィギュア好きが、フィギュア制作に走り、そしてそのアニメキャラではなく、コスプレをしたNi-homiaのフィギュアを作ってしまうまでに至《いた》った一件。

その出来事は、この陰キャグループにちょっとした騒動《そうどう》を巻き起こしたのだが……。

ともかく、その後ユウタの作ったフィギュアはネット界隈《かいわい》でちょっとした話題となった。

そしてユウタはあれからもフィギュア制作をつづけ、高校生ながら造形師《ぞうけいし》として知る人ぞ知る、ちょっとした有名人になっていたのだ。

そしてユウタは改めて、ひとりの『クリエーター』としてNi-homiaに向き合った。

わかったことは、彼女のいつもの仕事からすると、青年誌のコスプレグラビアが異例。

普段彼女は、もうすこしお堅い雑誌やＷＥＢ媒体《ばいたい》などでの仕事が中心。

ミアは自分からファストグラムや動画の企画も出す、れっきとしたクリエイターだったのだ。

ユウタは特に、ファストグラムにたまに彼女が掲載するコラムやポエムが好きらしい。

今や彼はひとりのクリエイターとして、Ni-homiaを尊敬しているらしい。

「なれば師匠のこのチェキ、レイジに預かっててもらいたい……！」

「え、いいけど、いつまで……？」

「拙者が、自分で自分を認められる造形師になれるその時まで」

「……わかった。ユウの字、俺応援するから！　それまでこれ、大切に保管しておくから！」

「ありがとう……！　ありがとうレイジ……！」

「いやしかし、ユウタもレイジもスゴイよな……」

「お前ら本当に陰キャなのか……？」

「いやいや、みんなだってすごいじゃん……！」

ユウタに触発《しょくはつ》され、今や動画の『漫画考察勢』のひとりとなったヤツや、同じく動画で『レトロゲームの解説攻略』を始めた者。

そしてブログで『ラノベの書評』を始めた者など、陰キャ勢はその『濃い』面を活《い》かし、色々活動をはじめているのだ。

今度チームを組んでなにかやるのはどうかというアイディアも出ている昨今。

レイジたちはそれぞれの活動報告の詳しいところを聞きながら、放課後を過ごしたのだった。

いやあ…それにしても
あのミーちゃんが
同じクラスの
ミアさんだったなんて…
でも、俺なんかが
話しかけたら
絶対迷惑だろうし…
ここは我慢…
ブツブツ
はっ
サッ
色々とモデルの
お仕事とかのことも
聞きたいけど……
学校でまでお世話に
なったら悪いしな…！
う〜〜ん…
あ、あ……っ
おーい
レイジ〜
よー
アヤト！
どうしたの？
あ…あ…
あああぁ〜…っ！
がんばれ
ミア……！

「あん時は、マジですんませんでしたぁ……!!」

岡田《おかだ》ユキオは深々と頭を下げた。

「え、あ……」

「ちょ……ちょっと……?」

目の前の、サクヤとレイジに向かってであった。

やってきた次の週末。

いつもの駅前、二十四時間営業のハンバーガーショップの三階。

アヤトの隣で、椅子《いす》から立ち上がったユキオは、チンピラ風味が抜けない金髪をばさりと逆さまにする勢いで頭を下げている。

「えっと、平気だから。もう、気にしてないし……」

「う、うん……アヤトの友達になったんなら、もう全然……」

「サクヤの姉さん……！　レイジさん……！　うう、ありがとうございます……!!」

「よ、よし、ユキオ。もういいから、座ろうぜ？」

「アヤトさん、……しゃす！」

「えっと、ユキオくんだっけ。本当にもう気にしてないからね」

サクヤはガッチガチのユキオに、大人びた笑みを向けている。

「それに、なんていうかレイジとのきっかけでもあったし……、アヤトとこれからも仲良くしてあげてね？」

「しゃす……！　姉さん、ありがとうございます……！」

アヤトはその様子を見て、内心でほっとしていた。

——最初、ユキオがどうしても姉のサクヤとレイジにあの時のナンパの件を謝りたいと言ってきたときは、どうしようと思った。

けど、ふと考え、アヤトは不思議となんとかなるだろうとも思えたのだ。

それからすぐに、実は……と姉とレイジにユキオの話をして、今はあのナンパ野郎と友達になって、謝りたいって言ってると伝えると、案の定ふたりは気にしてないからと言ってくれて、この流れが出来上がったのだ。

「（おい……、お前はいいのかよ……っ！）」

そして、アヤトの隣に座っているユキオ。

さらにその隣に座っているメガネの青年に、ユキオは小声で叫んでいた。

「わかっていますよ、うるさいですねあなたって人は……！」

彼の名前は楡《にれ》フウゴ。

彼の現状も、また複雑だ。

フウゴはアヤトの取り仕切る『太巽喰雲《タイクーン》』の幹部、三本指のひとりだったのだが、謀反《むほん》を起こし、なんとサクヤを人質に取ろうとした前科《ぜんか》持ち。

そんな彼がなぜここにいられるかというと、それはアヤトの一存《いちぞん》でしかない。

フウゴは作戦が失敗し、逃亡したあと、これは逃げても無理と観念。

もはやこれまでとアヤトの前で本気土下座《どげざ》を敢行《かんこう》。

プライドが高いフウゴの気質を知っていたアヤトは、彼の今までにない素早さ、素直さの中に何かを感じ、幹部降格でその罪を許したのだった。

今の階級は、なんとユキオと同じ『見習い』待遇。

しかもユキオとコンビを組まされてしまっている。

「はぁ……わかってんのかよ、この陰険《いんけん》メガネ」

「イキリ金髪が……」

「んだとぉ……?」

「やるんですかぁあ?」

「やめなさい、ふたりとも」

「!?」

ユキオとフウゴをいさめたのは、なんとサクヤ。

「す、すいません姉さん……!」

「その姉さんていうのは……?」というレイジのつぶやきはスルーされ、

「ふたりの仲がいいのはわかったから、ね?」

「な……っ！　い、いや……わ、わかりました……」

「姉貴、結構やるのな……」

「ふふふ、アヤトのお友達だもの。悪い子なわけないしね」

実際にはこの後、サクヤはレイジとひとり暮らしのための部屋の内見や、ひとり暮らしグッズを買いに行く予定で、とっとと切り上げたいだけなのだが……。

一方、この物語の主人公であるレイジ。

そしてユキオとフウゴの間には別の雰囲気《ふんいき》が流れている。

実はこの三人は、既《すで》に格闘フィットネスジム『ゴーダッシュ』にて、ミット越しの友情を育《はぐく》んでいる。

そのジム内において、ユキオもフウゴも彼の筋肉とその打撃の威力《いりょく》を実際に味わっている。

そしてそれは男の本能。

マジでこの人を本気で怒らせたりしたらやばいと肉体が学習した以上、それだけで彼らにとっては上下関係が出来上がってしまっているのだった。

つまり、こと肉体の完成度としてはレイジが上。

「さてと、じゃあアヤト、そろそろ私たちは行くわね」

「ああ。部屋の下見とかだっけ」

そこで一瞬、アヤトはフウゴに目配《めくば》せして、軽くうなずき合う。

――スピリチュアルなことに関して、アヤトはまったく興味はない。

だが、なぜか姉は妙な男を引き寄せるなにかがあるのではと、最近感じ始めている。

なので、フウゴに根回ししてもらい、コネのある不動産屋を紹介したのだ。

「じゃあレイジ、行こっか」

「うん、じゃあアヤトも、ユキオさんとフウゴさんも、また」

連れだって店を出ていくふたりを見て、アヤトは軽く安堵《あんど》の息を吐く。

隣でユキオとフウゴがまた、強めにじゃれ合っているのを軽く小突《こづ》き、

「ぐほぉっ！」

「おぐぅっ！」

「お前らふたりは、とりあえず駅周辺を見回りな。担当区域にしておくから」

「「ええっ！」」

いつでも、どんな場所にでも話を通せるようにしておく。

『太異喰雲』は、警察とはまた違った面から、この街の自治を担《にな》っていた。

お買い物デート　～ひとり暮らし準備編――Part 13

この日がサクヤさんとデートだという日。

レイジは他に一切の予定を入れないことにしている。

高校生といえども気を抜いていると色々と予定が舞い込んでくるのだ。

レイジは陰《いん》キャなのでそれほどでもなかったが、学校の宿題はもちろん、友人からの誘いに、バイトのシフト調整。部活に趣味にと……。

それでもデートの日は、サクヤさんにできるだけ集中したかったのだ。

めいっぱい全力で。

サクヤさんとの時間を大切にして、少しでも彼女に近づきたい。

「あ、お待たせレイジ！」

サクヤさんがひとり暮らしする予定の街区の最寄《もよ》り駅。

その改札口で待っていたレイジは、人ごみの中からこちらに駆け寄ってくる年上の女性に気がつく。

「サクヤさん!?　あれ？　待ち合わせまで、まだ十五分ありますけど」

「えっ？　あ、そ、そんなこと気にしないのっ！　そ……それにレイジだって……」

「まあ、俺の場合はこうしろってサクヤさんに言われてるんで……」

「そ、そうだっけ……？　と、とにかく開店と同時にお店に入りたいし、並んじゃいましょ？」

「そうですね。じゃあ、行きましょうか」

今日は、さんざん下見をしてきたサクヤのひとり暮らしグッズを、ついに色々と買う予定だった。

「生活グッズといえば、やっぱり『ニケヤ』よね。おしゃれだし」

というわけで、ふたりは事前にネットや口コミからも色々と情報を仕入れ、購入計画を立てている。

準備はばっちりだ。

開店前のお店に並ぶ。

サクヤは大学生活のことをレイジに話してくれる。

この駅からなら通うのがだいぶ楽になるということ。

そこから大学の友達の話になり、友人のツムギとエリナからモデルバイトの話になる。

あれからも何回か、サクヤさんもレイジもモデルバイトに参加している。

気になるお給料ももうすぐ振り込まれる予定だ。

「（サクヤさんて、ほんとすごいなぁ……）」

会話をしながらレイジは胸がいっぱいになってくる。

こうして年上の彼女と付き合うようになってからの副産物。

サクヤさんと一緒にいると、ちょっとだけ大人の世界を見せてもらうことができる。

レイジは三年後、自分がなにをしているのか、さっぱり想像ができない。

けれど三歳年上のサクヤさんが、色々な可能性を見せてくれる。

レイジはなんだか、自分ばっかりが得をしてしまっているようで、焦《あせ》ってしまう。

脳裏《のうり》をかすめるのは『彼女持ちの会』の会員たちの悲劇……。

彼女に振られてしまった先輩たちは、それぞれ相手のためを思って色々頑張っていたらしい。

担任の折居《おりい》先生からあのあとの話を聞いてレイジなりに考えた結果、『独《ひと》りよがり』になるのがマズイようだった。

自分はそうはならないように。

レイジはなるべくサクヤさんを観察する中で、自分がどう振る舞ったらいいかを考える。

だが、サクヤさんを見つめれば見つめるほど、ドキドキして頭が混乱してくる。

「あ、あの、サクヤさんって、将来って、どう考えてますか？」

だからレイジは会話の流れの中でそうサクヤさんに尋《たず》ねてみた。

なにかヒントがつかめれば……！

「え、えっ？　しょ、将来……っ!?」

サクヤさんはびっくりしたように、レイジを見たり周りを見たり、きょろきょろし始める。

「そ……それは、や、やっぱり、け、け……けっこ、けっこん……」

「え、ちょっとサクヤさんなんでそっぽ向いて急に小声なんですか？　よく聞こえ……」

「い、色々考えてるわよっ？　やっぱ経済学部とかだと、色々考えさせられるし……」

「サクヤさんって、たとえば税理士とかになるんですか……？」

「どうなのかしら……。なんか税理士って大変そうよね……」

「ですよね……」

どうやらサクヤさんも色々と悩んでいるらしい。

サクヤさんでも悩んでいるなら、もしかしたら自分が悩んでいるのも無理ないのかもしれない。

それでも自立の道をこうして歩み始めているのだ。

見習いたい。

「あ、そろそろ時間ね……！」

店員が最後の開店準備、ドアの鍵《かぎ》を開けている様子が見える。

「とりあえず、色々見て回ろっか。将来のために……？」

ふたりは開店したニケヤの中へと足を踏み入れた。

◆

結果。わかったことがひとつ。

「これ、もっともっときちんと計画立てないとだめね……っ！」

「そ、そうですね……頭がぐらぐらしてきました……」

一応予習というか、下見もしたしニケヤで必要なものは一通りメモしてきたのに。

「ニケヤの大きい店舗《てんぽ》って、けっこうすごかったのね……」

レイジは「はい……」とうなずくことしかできない。

サクヤさんが冷静でいられたのは、ニケヤに入って三歩目までだった。

「わぁ～！　なにこれかわいぃぃぃ～！」

入口を入ってすぐ目の前。

そこに山積みされていたサメのぬいぐるみに突撃。

「ねえこれをいっぱい買って、ソファの代わりにするのはどう？」

「い、いいですけど、やっぱりダメなんじゃないですかね……！」

「えええ～？　だめかなぁ～……」

「も……もうちょっと他のも見てみましょう！　まだ奥に可愛《かわい》いのあるかもですし」

「それもそうね……。あ、あのマグカップ、すっごくいいカンジじゃない？」

入口のおススメ品から先に進めない！

「あ、そういえばひとり暮らし用の食器も揃《そろ》えるんでしたよね」

「家から持っていくと、私が実家に帰った時のがなくなるし……しかたないわよね！　あ、ねえ見て見て？　これペアなんだ。ふたつ並べるともっと可愛い～」

「ひとり暮らしだから、一個でいいんじゃ……」

「……えっ？」

「えっ？」

「……ぁ、ぁぁあああっ！　そ、そ、そうよねっ！　ふたり暮らしじゃなくて、ひとり暮らしだもんねっ!?」

「あ、でも……」

「でも……っ⁉　でもなにレイジ……！」

「お客さん用のも必要ですし、いくつか買っておいたほうがいいのかもですね」

「そ……そうよねっ！　いくつか買えばペアになるのは、しかたないわよねっ！」

「そうですね。それにお揃いで並べるのかわいいですし……俺にも使わせてくださいね？」

「ど、ど、どうしようかしら……？」

「えっ、俺だけ紙皿とか紙コップとかなんですか⁉」

「しょ……しょうがないわねっ！　レイジにも使わせてあげるから！　……あっ！　こっちのはどう？　これとかもよくない？」

「え？　待ってください。これ、えっと……キャベツの千切りカッターとか使いますか……？」

「じゃあこれは？？」

「業務用の餃子《ギョウザ》包みマシーンとか邪魔なだけじゃ……」

とにかく、ニケヤ全体が楽しく、いろいろ目移りしてしまった結果。

最初の計画は崩壊《ほうかい》。

必要最低限のものだけは手に入れたものの、そもそもひとり暮らし用のグッズは一回のショッピングで買い切れないことがわかった。

今日はニケヤの実店舗《じってんぽ》にあるグッズを改めてメモして、心を落ち着けてからまた来ることにしたふたり。

「あ、サクヤさん、さっきのマグだけ、ふたつ買ったんですね」

「だ、だって、レイジ、遊びに来るでしょ……？　新しい部屋に……」

「はい、お伺《うかが》いできるの、楽しみにしてます！」

「……じゃ、帰ろっか」

行き先はサクヤの実家。

つまりいつもの『アヤトの家』だった。

あとしばらくすれば、サクヤの帰る家は、新居となるはずだった。

「ひ、ひとりで行けるから大丈夫だってば……」

「だめよサクヤ。最近世の中は物騒《ぶっそう》なのよ？　浮かれたままのあんたが不動産屋に騙《だま》されたり、ストーカーされやすい部屋とか選んだりしたら大変でしょ？」

「そうね……。サクヤだと浮かれて敷金礼金とかの交渉《こうしょう》もいいようにされちゃうだろうし」

ツムギとエリナ、ふたりがかりで説得されるサクヤ。

「うぅ～ん……確かにふたりが来てくれるのは心強いけど……」

「でしょ？　ほら、じゃあさっさと行きましょ？」

平日の午後。

大学の講義の合間を縫《ぬ》い、サクヤ、ツムギ、エリナの三人は街の不動産屋に向かっていた。

サクヤがネットで予約しておいた不動産屋はよくあるチェーン店風のたたずまい。

アヤトに教えてもらった不動産屋にも色々紹介されたが、やっぱり自分でも選びたい。

中に入って受付をすますと、さっそく社員の運転する社用車で内見予定のマンションへと移動する。

「ここが一個目のワンルームマンションです」

確認するまでもなく、サクヤはひとり暮らしをしようとしている。

そして女子大生がひとりで住むとなると、ワンルームマンションを探すことになる。

今日はサクヤが見つけた部屋と、不動産屋のおススメの物件を三つ見ることになっていた。

「なるほど……」

マンション外観を目つき鋭く検分するツムギに、

「わぁ、綺麗《きれい》ですね……！」

入口にあった花壇に目を奪われているサクヤと、

「一階がコンビニなんだ」

周囲の雰囲気《ふんいき》をチェックするエリナ。

「さっそく入ってみましょう。築十年ですけど、十分きれいですよ」

不動産屋のおじさんを先頭に、そうしてサクヤたちは、ああでもないこうでもないと品評しながら部屋の各所を見て回る。

一件目は三人そろって、お風呂とキッチンが暗いという意見が一致し、さっそく次へ。

「なかなか難しいのね……」

しかし二件目は、リフォーム直後で室内は三人とも納得の綺麗さだったのだが、

「なんで窓開けると、すぐ隣に廃墟《はいきょ》になったお寺があるの……？」

「絶対怖い……！　ぼろぼろのお墓もたくさんある……！」

「どうりで家賃が他と比べて半分なはずね……」

当然却下《きゃっか》。

三件目に期待だった。

サクヤは次の物件を一番楽しみにしている。

そこは自分がネットで見つけたお気に入りのマンションだった。

◆

——他人が住んでいる部屋の匂《にお》いが好きだ。

なぜなら、その空気に包まれれば、他人であるという垣根《かきね》を越えて、一瞬で自分も家族の一員なのだと思えるから。

「はぁ……やっぱり癒《い》やされるなぁ……」

とあるワンルームのソファにスーツ姿で寝そべり、ゆったりとくつろいでいる彼の名は、家《か》門《もん》ヨシヒコ。

ホスト風の髪型を白に近い金髪に染めた甘い顔のイケメンである。

駅前のとある不動産屋に勤める彼は、物件を紹介したお客さんが住む家に、住人が留守中に合い鍵《かぎ》で侵入し、その生活に勝手に溶け込むことで快感とスリルを味わう変態だった。

彼は不動産業界のカラクリを知っている。

大抵《たいてい》の不動産屋は、物件を探すお客に三つ、部屋を紹介する。

お客の傾向を見て、最初の二件はわざと要望や好みからずらした物件を紹介するのだ。

そして物件選びは難しいと思わせておいて、三件目に本命を紹介する。

「間違ってないかもしれないけど、間違ってるよねぇ……」

ヨシヒコは起き上がり、可愛《かわい》らしいコップでヨーグルトドリンクを飲み干す。

「第一、そんなのお部屋に失礼じゃん。一件目と二件目のお部屋の気持ちを考えたことないのかなぁ……」

本当にいい部屋なら、お客も一件だけで即決するはずだ。

それができないのは不動産屋として職務怠慢《たいまん》だとすら思う。

お部屋に対する愛がないのなら、今すぐ不動産業をやめた方がいい。

現にヨシヒコは営業職として地域ナンバーワンの実績を出している。

それもこれも、お部屋に対する愛のなせる業《わざ》。

愛なきお部屋内見など、ありえない。

なんでそれが他のみんなはわからないのか……。

「はぁ……やれやれ、やっぱオレがやらなきゃなぁ……」

ヨシヒコは壁にかかった可愛らしいネコの時計を確認する。

そろそろ仕事の時間だった。

「さて、使った食器は元に戻さないとね」

彼はサラサラの髪をかき上げ、使った食器をキッチンに運び、簡単に洗って元の食器棚に戻す。

「いやぁ……本当にいい趣味。夢女子な家具とかここまで揃《そろ》えるのって、実際本当に大変だしね……」

ヨシヒコはファンシーにまとめられた部屋を見回し、来た時と寸分《すんぶん》狂いなく元の形に戻っているかをチェックする。

「最初、こういう部屋にしたいって聞いた時は正直どうかなって思ったけど……案外いい感じなんだなぁ～」

ソファのシワ、キッチンシンクの蛇口《じゃぐち》の角度まで元通りにするのが、家門ヨシヒコ流のお宅拝見術《はいけんじゅつ》の作法である。

このマメさがあるから、今まで一度たりともこの『ご購入後お部屋チェックサービス』は問題になったことがない。

問題になってないということは、認められているということ。

これも部屋への一途《いちず》な愛のたまものだった。

彼は玄関を出て、鍵束からさっと一つ選び、鍵をかける。

ラストの一瞬まで気を抜かない。

最後に『五〇二　西沢《にしざわ》』と印刷された表札の表面をヨシヒコはハンカチで拭《ふ》く。

これは部屋でくつろがせてもらったお礼である。

ちょうど、その時、

「家門くん、いつも時間ぴったりだね」

「いえいえ課長、普通のことですから」

ヨシヒコはそう言って背後を振り向く。

「こちらの鍵は準備しておいてくれたかね」

「もちろんです。先方さんがよろしくとおっしゃっていました」

そこには、女子大生を内見案内している上司がいた。

上司の後ろには三人の美人さんがいる。

この内のひとりが今日のお客である『南条《なんじょう》サクヤ』のはずだった。

「（南条……？　いや、まさか……）」

ヨシヒコの脳裏《のうり》に一瞬、とある人物が思い浮かぶ。

だが思い過ごしだろう。

彼は仕事に集中すべく、すぐに雑念を振り払う。

「さあ、こちらの五〇一号室にご案内いたしますね」

「彼はうちで一番の営業なんです。なんでも聞いてくださいね」

上司の言葉に、ヨシヒコは営業スマイルでサクヤを部屋へと導いた。

◆

「……それで、部屋は決まったんですか？」

「そうなのっ！　そこがすっごく素敵《すてき》な部屋で、やっぱりここだーって……」

やってきた次の週末。

サクヤは契約を済ませた部屋をさっそくレイジに報告していた。

場所はいつものアヤトの家。

ここで三人でこうして会うのも、そろそろ最後になるかもしれない……。

「いいですね、俺も早く見たいです……！」

確かにスマホで見せてもらった部屋は素敵で、サクヤさんにぴったりだとレイジも思う。

「なんか、この部屋三件目で、私もネットで見た時からいいなって思ってたんだけど」

「姉貴、すごい勢いで内見予約してたしな……」

「そこで合流した社員さんが、なんだかすごく……えっと、なんというか『部屋愛』にあふれてる人で……」

「部屋愛……？」

「そうそう、どんな細かい質問にもすらすら答えてくれるし、近所のおいしいご飯屋さんとか、便利なスーパーとかも教えてくれて」

「すごいですね……」

「それに、なんかぜひ住んでほしいって、敷金礼金とか、家賃まで結構値引きしてくれたの！」

「よかったですねサクヤさん……！」

「これって幸先《さいさき》いい感じよね？　……えっと、ねえレイジ？　あなた、明日も暇《ひま》……？」

「えっと……」

「あ、俺ならかまわないから、行ってこいよレイジ！」

「あ……ありがとうアヤト！　じゃあ、サクヤさん、俺、またひとり暮らしグッズの買い出し、手伝ってもいいですか？」

「え、あ、も、もちろんよ？　レイジがどうしてもって言うなら……」

「はい、ありがとうございます！」

善は急げとばかりに、サクヤはもう、部屋の鍵を貰《もら》ってあった。

レイジは明日荷物を運ぶ際に、サクヤさんの新居が見れるかもしれないと思い、胸を高鳴らせた。

——これは、とあるモデル女子高生の激闘と敗北の記録である。

結果からいえば、学年カーストトップに君臨《くんりん》していた仁保《にほ》ミアが手にしたものは、彼女が望んでいたものではなかった。

けれど次の『その16』で描くように、その結果は彼女を次のステージへと誘うことになる。

だからもしNi-homia《ニーホミア》の努力から、なにかしらの教訓を得ようとするなら次のようになるかもしれない。

集中してなにかを成し遂《と》げようとした経験は、自分を裏切らない。

文字にしてしまうと陳腐《ちんぷ》。

けれど成し遂げようとした者だけが理解する。

ミアは彼女なりに、今まで築き上げてきたもの全《すべ》てを賭《か》けた。

手のひらに残ったものは彼女にしか価値がない。

彼女がその存在に気がつくには、まだまだ時間がかかるはずだった。

◆

とあるモデル女子高生の激闘と敗北のクライマックスは七月下旬、都内の大気がとてつもなく不安定になり、記録的豪雨となった日に起こった。

うそでしょ……？

ミアは声に出したつもりだったが、唇《くちびる》がわずかに動いただけで、喉《のど》に力が入らなかった。

レイジに年上の彼女がいると姉から聞いた時とは比べられないほどの虚脱《きょだつ》感。

自分はなにを間違ったのか。

なにに浮かれてしまっていたのか。

これは予想されていたことだったはず。

他人から嫌というほど聞かされていたし、自分も覚悟はしていた。

でも、どうにかできる気でいたのだ。

『第十九回　週刊ヤングザッシー「グラドルグランプリ」』

五名のグラドルで競われるこの賞レースで、仁保ミアはグランプリを狙《ねら》った。

そのためには、彼女は自分自身の『実力』を示さなければと思った。

「それが……最下位……？」

『審査員特別賞』なんて響きはいいが、つまりは読者投票で最下位だったということ。
理由は簡単だった。
仁保ミアは、グラドルのお約束である水着を拒否したから。
誰もがそれは「まずいのでは!?」と指摘《してき》してきた。
けれどミアはそれを貫《つらぬ》いた。
それでもグランプリを取ってみせると豪語して。
マネージャーに結果を聞いたのはついさっきのはずだった。
けれどその記憶が、早くも薄れている。
脳が、体が今の状況を拒否している。
事務所のビルのエントランスを抜けたところで限界が来た。
足に力が入らない。
腰が抜けるという言葉は本当なんだと自分がどこかで考えているのがわかった。

どこかでゴロゴロと雷《かみなり》が鳴っている。

どこかで雨が降ったのか、蒸《む》し暑い空気が流れ、風が吹き始めている。

彼女にとっての『あの台風』が、またやってくるようだった。

それではなぜ彼女が、生まれて初めてこんな危険な賭けに出たのか。

その経緯《いきさつ》を振り返ってみよう――

◆

仁保ミアにとって、事の起こりはひと月前。

初めて学校でレイジに話しかけた翌日のこと。

彼女はそこでマネージャーから、以前コスプレグラビアを載《の》せた青年誌のグラビアコンテストの話を聞いた。

当初は無視しようと思った。

そして実際にシカトした。

今はそれどころじゃないし、レイジにこれ以上肌《はだ》を見せるのは恥《は》ずかしくもあった。

ミアが今大切にしたいのは、いかにレイジとの接点を増やすかだった。

それはイコール、学校で彼との時間を作ること。

同じクラスだが、教室で話しかけられないのがもどかしい。

ミアはまず、ミスズの力も借りながら、ストーカーのようにこそこそとレイジの行動を把握《はあく》し、彼がひとりになる場所に先回りして偶然を装った。

「あ、レイくん……」

「ミアさん、最近よく会いますすね」

お小遣《こづか》い節約のためにレイジは火曜日か水曜日は昼休みに図書室に現れる。

それをいち早く突き止めたミアは待ち伏せして、なにげなさをＭＡＸにして話しかけた。

「あ、ねえレイくんってジム通ってるの？　カメラマンの秦《はた》さんから聞いたんだけど」

「そうですね、最近は週一か週二で通ってますけど」

「それって、私でも通ったりできるかな。引き締めたいんだよね、体」

「え……必要あるんですか？」

「ねえ、まさか女の子にジム通いたいって聞かれた時、全部そう答えてない？」

「え、えっ？」

「ふふふ……、レイくんが学校で女の子としゃべってるとこ、見たことないしね」

「あ、いや……」

「ミスズとはしゃべるんだっけ？」

「え、あ、た、たまに……」

「そういえばミスズも通いたいって言ってた気もするし……どんな雰囲気《ふんいき》か教えて？」

レイジは色々説明する。

とにかく、女の子も全然通いやすくて綺麗《きれい》なジムなのだと。

「そっか、サクヤさんも通ってるんだったら大丈夫そう」

「みんなで通えたら楽しそうですね」

「うん、そうかもね」

そこで昼休み終了のチャイムが鳴り、ミアは先に行くねと図書室を後にする。

接点を。

こうして少しずつ、増やしていくのだ。

また、頻繁《ひんぱん》にではないが撮影スタジオで出会うことも増えた。

これはミアが、レイジが入るかもしれない仕事に自分の時間帯を合わせているのだが……。

そして、とある撮影日。

「レイくん、ほんとスタミナすごいね。撮影終了間際《まぎわ》でも、ポーズも表情もナチュラルで」

「いや、ミアさんのアドバイスが本当に役立ってます」

他にもミアには、スタジオ内での過ごし方のコツや、休憩《きゆうけい》の時にできるだけリラックスできる方法、スタッフやスポンサー、マネージャーとのやり取りで気をつけるべきことなんかも教わったりしている。

「本当にありがとうございます、ミアさん」

「うぅん、まあ、まあほら、レイくんは男性で、ライバルにはならないから」

笑いながらミアはさりげなく自分がレイジを男として見ていることをアピール。

「あっと、それからレイくん、ちょっといいかな。実は相談があって」

撮影が終わり、ミアは帰り支度《じたく》をしているレイジにタイミングを見計《みはか》らって声をかけた。

もちろん、レイジの彼女であるサクヤが不在の撮影日を狙って。

「いいですよ。……あ、なにか帰りに食べて行きませんか？」

「い、いいの!?」

平静を装いきれず、ミアは声を乱してしまい、慌《あわ》てて口元、それから顔を両手で隠す。

「レイくんがいいなら、食べてこ」

リーズナブルなファミレスと、ちょっとお高めのファミレスの二択。

レイジは「差額を出すから」と、ミアが誰かに声をかけられる可能性が少ないお高めファミレスを選んだ。

「あのちびっこ小学生だったレイくんとこのファミレスに来るようになるなんてなぁ……」

「感慨《かんがい》深いですね……」

ちなみに、レイジはこのミアとふたりっきりのファミレスでの食事。

サクヤにもアヤトにもOKをもらっている。

ふたりとも、レイジを信じ切っているというか、常《つね》に冷めた（ような）ミアの態度から、実はレイジはミアに嫌われているのでは？　と思っているようなフシがあった。

なのでこのレイジの「ミアさんとご飯食べようと思うんだけど」という連絡に、
アヤト＞行ってこい!!

サクヤ＞仲良くするのよ？　レイジ……！

と、どちらかというと応援してしまっているポジションだった。

「えっと、それで相談というのは……」

食事が終わり、食器が片付けられる。

レイジはなにやら、ぼうっとしていたミアに声をかけた。

「あ、う、うん……」

前髪を下ろした陰《いん》キャスタイルに戻ったレイジもカッコいいんじゃないかと思いはじめていたミアは、カバンから一枚のチラシを取り出した。

「こういうの、レイくんは興味ある？」

「お芝居《しばい》のワークショップ……？」

「うん、えっと、どういうことかっていうとね……」

ミアはこう見えて、事務所が力を入れて育成しているモデルであり、ゆくゆくはマルチ展開を視野に入れている。

なので各種レッスンの斡旋《あっせん》を行うにあたって、事務所は本人にまずは強制ではなく、それとなくアプローチして自主的にやってもらおうと画策《かくさく》していた。

もちろん、いざレッスンを受けるとなったら費用は事務所持ちで。

この待遇だけでも、ミアはかなり優遇されているのだが、本人にはあまり自覚はない。

そしてのこの『お芝居のワークショップ』というのは、その名の通り、演技に関するレッスンだった。

ミアはそれに、レイジも誘おうとしていた。

「実は私、知り合いの演出家からお芝居に出ないかって誘われてて、その演出家さんのワークショップなんだよね」

さりげなく（？）凄《すご》さアピール。

「もしよかったらだけど、レイくんもどうかなって。あ、出演じゃなくてレッスンをってことだけど」

「そうですね……。……ちょっと、考えてみますね」

二日後、ミアのところにレイジから参加してみるとの連絡があった。

その前日に居ても立ってもいられなくて、ファストグラムに意味深なポエムを投稿してしまい、コメント欄《らん》を炎上させていた彼女は、その日、ようやく深い眠りに落ちることができた。

ちなみにそのポエムが、この本の冒頭にあるポエムである。

◆

ワークショップが終わった翌日も、偶然レイジとミアはスタジオで一緒になった。

ただし、そこにはサクヤもいた。

ミアはなるべくサクヤを意識しないように振る舞った。

無視するのはまずい。

けれど、きちんと気合いを入れないと、どうしてもサクヤが気になってしまう。

ミアはもやもやとする気持ちを振り切る意味も含めて、カメラの前に立つレイジに集中した。

レイジはカメラマンの秦さんに気に入られたようで、彼に経験を積ませたいらしく色々な仕事で起用されているようだった。

「はぁ……っ」

ミアはこっそりとレイジを見つめている。

今は例のジムのサイトリニューアルに使う写真を撮っていた。

ミアにとって、格闘技用の身体《からだ》にぴったりしたラッシュガードは、いっそ上半身裸《はだか》より、えっちに見えた。

「ふぅぅ……っ。筋肉が……」

小声でつぶやいて体の外に定期的に吐息を漏《も》らさないと内圧で暴走してしまいそう。

レイジの鋭く引き締まったボディの陰影を見れば、確かにジムに通いたくなる気がする。

「(私も通うしかない……)」

そう、ミアが小さくつぶやこうとした時だった。

「はぁ……たまらん……」

彼女のすぐ右隣から聞こえてきたため息。

「!?」

自分のつぶやきが勝手に再生されたのかとうろたえつつ横に目をやれば、そこには、

「あっ、あっ！　ごめんなさいミアちゃんっ！」

顔を真っ赤にして慌てているサクヤがいた。

「サ、サクヤ……さん!?」

「ごめんね集中してるところ！　でも、レイジが、レイジがあんまりにも、こう……」

ミアの方が慌ててしまう。明らかにサクヤは焦《あせ》って、言わない方がいいことを言おうとしている。

「えっちすぎて……！　あのラッシュガードっていうの、反則だよね!?」

「サクヤさん……？」

言われてみて、ミアはふっとなぜか冷静になる自分に気づいた。

「正直……わかります」

「……だ、だよね!?　仕方ないよねっ!?」

それからふたりは、いかにレイジのボディが仕方ないかを話し合った。

断じて自分たちには責任はない。

あんな大胸筋《だいきょうきん》や僧帽筋《そうぼうきん》、三角筋《さんかくきん》に脊柱《せきちゅう》起立筋《きりつきん》をしたレイジのほうがいけないのだと。

「ていうか、もっとやばいのが学校での陰キャモードとここでのモデルモードのギャップです」

「うそうそうそ！　ああもういいなぁミアちゃん同じクラスなんだよね！　教室でのレイジってどうなの⁉」

「凄腕《すごうで》のニンジャじゃないかっていうくらい、気配がないです」

「ああああっ！　レイジっぽいぃぃぃ〜！」

ふたりは既《すで》にスタジオを離れ、廊下に設置された自販機横のソファを占領している。

「笑っちゃうのが、レイくんが載ってる雑誌を見てる女子がかっこいい〜って言ってる相手がクラスの中にいるっていう」

「見たぃぃぃ〜！　それを聞いてるレイジの顔が見たぃぃ〜」

今まで自分しか応援していなかったマイナーな推《お》し（?）アイドルのファン友達に会ったらこんな感じなんだろうかと、ミアはどこかで感じていた。

相手は、レイジの彼女なのに。

推しのいいところ語りが止まらない。

「あ、それで……ええっと、ミアちゃん、私ミアちゃんにお礼を言おうと思って……」

いつまで経《た》っても一区切りつかないお互いの推し語りに、サクヤは無理矢理食いこませてくる。

「それでさっきスタジオで、ミアちゃんの隣に行ったんだけど……」

ミアの視線の先のレイジを追って、そのまま見入ってしまったらしい。

「私に、お礼、ですか？」

「そうそう！　私は大学でツムギから色々モデルのこと教えてもらってたんだけど、時間がなくてレイジには伝えられてなくて……」

そういえば、姉のツムギが言っていたなとミアは思い出す。

「でも、ミアちゃんが色々モデルのことを学校で教えてくれたからなんとかできてるって、レイジが言ってたから」

「あ、そうだったんですか……」

心臓が不規則にドキドキする。なんだこの感覚。嫉妬《しっと》？　嬉《うれ》しさ？　もどかしさ？

けれど全然嫌じゃない。

「ツムギってちょっと感覚的？　っていうか、あんまりこう、具体的じゃないじゃない？」

「あ～……『ここでぎゅっとして、ふん！』とか言いますよね、ポーズのキレの説明とかで」

「そうそうそう！　でもミアちゃんのアドバイスってすごく具体的らしくて、レイジ、めきめきポーズが上手になってて、すごいなぁって」

「レイくんから、聞いたんですか？　私のアドバイス……」

「うぅん……それが、レイジもツムギタイプで、『ここでキュキュッとポンです！』っとかって言うの！」

「ぐふ……っ」

まさかのツムギタイプ。

「でも、レイジがこっちでもうまくいってるのって、ミアちゃんのおかげだなって」

「いえ、レイくん、最初から素質あったんで」

「でもでも、ありがとう～」

「それより、こっち『も』うまくいってるって、どういう……」

「ああ、それなんだけどね！」

ミアはレイジが、モデルやジムだけでなく、ゲームやクイズ関連などでも以前活躍して、色々なところから今でも連絡が来ていることをサクヤから聞いた。

「なにそのチートキャラ……」

「チート……？」

「あ、いや、なんでもないです。それより、メッセンジャーのＩＤ、交換しませんか？」

「うん！　お願いミアちゃん」

ふたりで連絡先を交換していると、

「サクヤさん、そろそろ」

スタッフがサクヤを呼びに来る。

「はーい。……じゃ、ミアちゃん。私、行ってくるね」

「はい、それじゃ……」

ミアは仕事終わりに、サクヤへ「今日はお疲れさまでした」と、メッセージを送るつもりだった。

けれど。

「あ、レイく……」

ミアは見てしまった。

カメラの前にはサクヤがいた。

レイジは、さっきミアが立ってレイジを見ていた場所で。

「…………」

サクヤを、真剣に見つめていた。

ミアが見たことのない、レイジの表情だった。

「レイくん……」

それは、今のミアには向けられようもないまなざし。

「…………っ」

ミアは踵《きびす》を返すと、スマホでマネージャーに連絡を取る。

「この前の、雑誌のグラビアグランプリ。出るって言ったら、まだ間に合う？」

◆

お芝居の話は延期になってしまったと聞いた時には、さすがにがっかりせずにはいられなかった。

なんでも、お芝居の監督兼脚本家が海外にプライベートで渡航した先で事件が発生。

違法な薬物が隠されたホテルの一室に偶然泊まってしまい、地元のマフィアの抗争に巻き込まれ、大怪我《けが》をしたあげくに、なんやかんやあって地元有力者の娘と結婚することになり怪我の治療も含め帰国が大幅に遅れることになったせいらしい。

「そんなことってあるの!?」

事情を聞いた姉のツムギは「映画化決定ね!?」などと驚いていたが、ミアからすれば余計なことをするな！　と言いたいだけだった。

稽古《けいこ》期間中にもレイジと一緒にいられる＝仲が進展することをもくろんでいたミア。

現に、お芝居の稽古中というのは男女の仲が急速に進むというジンクスが業界にはあった。

それがわけのわからない理由で中止。

これは泣き寝入りかとも思われたが、けれど事情が事情。

誘ってくれた演出家と、海外で映画のようなシチュに巻き込まれた監督は、お詫《わ》びとしてとあるアーティストの楽曲ＭＶにミアを起用してくれた。

どさくさに紛《まぎ》れ、ミアは「これも補償《ほしょう》の内だから」と、レイジも収録に巻き込んだ。

その撮影の最中、そしてＭＶが撮り終わった後にも、ミアは深く、強く思ったのだ。

アーティストとして、そしてクリエイターとしてならば、きっとレイジもあの視線を私に向けてくれるはずだと。

ＭＶの中で、レイジはミアの恋人役だった。

彼は背中しかカメラには映らない。
けれどレイジは真剣に役柄を演じてくれた。
その時の視線は、彼女であるサクヤに向けたものとほぼ一緒だとサクヤは感じた。
あの視線をもう一度。
ずっと、いつも、いつまでも。

◆

そして彼女は、青年誌のグラビアに水着以外で挑《いど》んだ。
誰もが無謀《むぼう》だと引き留めた。
水着審査に普段着で出場するようなものだ。
試合を捨てていると思われても仕方のない行動だ。
もちろんミアは私服なんかで出場していない。
友達でもあるコーディネーターと意見を出し合い、自分なりに世界を作り上げた。
モデルは自分の表現手段のひとつだった。
開催されたグラビアグランプリの場を借りて、彼女は自分の胸の内を表現したのだ。

それは確かに、見る人が見れば「はぁ!?　なにやってんのこんなとこで！」と驚かれるような仕上がりになった。

現にミアをリスペクトしている伊藤《いとう》ユウタは、

「さすが師匠《ししょう》!!」

と雑誌をできるだけ買い占め、ミアに応募しまくった。

確かに彼女の企《くわだ》ては業界の一部を騒がせた。

ミアにはやったことに自信もあった。

だから、いつも自分の仕事については、控《ひか》えめな発言しかしない彼女も、ＳＮＳや学校の知り合いに、その意気込みを語った。

ミアらしくない行動に驚いた周囲も、彼女の意外な一面――実は熱い部分があったんだ！

――というストーリーに胸を熱くし、応援に回った。

レイジももちろん、ミアの行動を支持した。

学校で、昼休みにこっそり公開前のその写真をレイジに見せた時、ミアはやってよかったと思った。

「これ……すごいですねミアさん。とっても、綺麗で……」

素直に感心するレイジの言葉に、ミアは、

「うん……」

と素直に赤くなった。

だが、読者の大多数はそんなものに興味のない、水着が小さければ小さいほど喜ぶ青年たちであった。

結果は、審査員特別賞。

消滅したかった。

もういっそ、生まれてこなかったことにしたい。

今自分が死んでも、無様《ぶざま》な結果は未来永劫《えいごう》、残り続ける。

ミアはその屈辱《くつじょく》的な結果を聞いた後、事務所の入ったビルの一階。

エントランスで限界を迎えようとしていた。

東京の上空には記録的豪雨をもたらす厚い雨雲が立ち込め、今にも泣きだしそうだった。

自動ドアを抜けて、外に歩み出したミアは、天候の急転を告げる突風によろけ、壁に寄りかかった。

そのままずるずるとへたり込む。

「ううぅ……っ！」

真っ黒な雲が泣きだすのと、ミアが泣きだしたのはほぼ同時。

立ち上がった彼女はびしょびしょになりながら、最寄《もよ》り駅までの道を歩いていた。

そして、鉄道高架下。

地面を掘って作られたアンダーパスの真ん中で再びへたり込む。

このまま溺《おぼ》れて、排水溝に流されてしまいたかった。

「ミアちゃん……？」

目を向けると、そこには傘《かさ》をさして、こちらを心配そうにのぞき込む南条《なんじょう》サクヤの姿があった。

「（普通、こんなときに声をかけてくれるのは、レイくんなんじゃないの……!?）」

サクヤに声をかけられた瞬間、ミアが思ったことがそれだった。

まだまだ余裕があったのかもしれない。


「そのままだと風邪ひいちゃうよね……!?」


と、アンダーパスの真ん中でへたり込んでいたミアがサクヤにそっと腕を取られて立ち上がり、そのまま連れてこられたのは１ＤＫのマンションの一室だった。

「もう少ししたらここに引っ越す予定なんだけど……すぐ近くで良かった！」

だからサクヤも慣れていないのだろう。

妙に殺風景《さっぷうけい》な玄関に廊下。

そしてバスルーム。

まだ生活感がまったくないその空間で熱めのシャワーを頭から浴びながら。

どうして自分は素直に言われるがままここについて来てしまったのだろうとミアは恥《は》ずかしさを覚えていた。

もしかしたら、サクヤの新居でシャワーを浴びたのは、自分が初めてかもしれない。

そうだったら本当に申し訳ないと、ミアは思っていた。

ミアはそういうことにとてもこだわるタチだった。

自分のものは、自分が最初に使いたい。

消しゴムの角だって、スマホのコーティングシートをはがすのだって。

絶対に自分じゃなければ気が済まない。

サクヤはそれを、なんのためらいなく自分に与えてくれた。

しかも新居のシャワーだ。

ミアだったら考えられないことだ。

サクヤにとってミアは、友人の妹。

つまりはただの他人も同然。

なぜそんな自分を？

と疑問に思うがそれと背中合わせに、

「(サクヤさんなら、きっとそうするんだ)」

そう理解している自分がいるのが不思議だった。

温かい湯に打たれたせいで、全身のこわばりはすっかり消えていた。

帰りのコンビニでサクヤが購入したバスタオルで全身を拭《ふ》く。

それから、

「こんなのしかなくてごめん!」

と用意してくれた部屋着に着替える。

モコモコした可愛《かわい》らしすぎるルームウェアに身を包んでリビングに移動すると、梱包《こんぽう》から解かれたばかりのテーブルと椅子《いす》まで用意されている。

そしてマグカップには紅茶が湯気を立てている。

「ごめんね、強引に連れてきちゃって」

と、なぜか恥ずかしそうにするサクヤ。

「い、いえ……! こっちこそ、なんていうか、すいません……」

「とりあえず紅茶淹《い》れたから、飲んで? もう少し時間かかると思って熱めに淹れちゃったけど……」

「あ……はい……」

ミアは椅子に座ってマグカップを引き寄せた。

サクヤはそれから、最近の天気って本当に変だよね？　私もびっくりしちゃった的なことや、この部屋はミアの姉のツムギもイチ押しだったんだ、と声をかけてくる。

ミアも、「はい……」とか「はぁ……」と返事を返していたのだが、

「あの、なんであんなところにいたのか、理由とか、聞かないんですか……？」

紅茶のお代わりはいる？　と聞かれ、その返事をする代わりに尋《たず》ねる。

「え……、えっ？」

サクヤは買ったばかりのポットを持ち上げようとしたポーズで固まり、

「すごい雨で、途方に暮れてたからじゃないの……？」

「あ……っ」

グラビアグランプリの結果発表が載《の》る雑誌は四日後に発売される。

サクヤが結果を知っているわけがなかったし、ましてやミアがグラビアグランプリに出るなんて想像もしていないだろう。

「ま、まあ……そう、ですけど……」

ミアはそう取り繕《つくろ》うが、

「他に……なにか理由があったの……？」

サクヤはストンと椅子に座り直し、尋ねてくる。

「た、例《たと》えば……」

思いっきり意味深に前フリしてしまった手前、ミアはマグカップをぎゅっと両手で包み、

「えっと、失恋……とか……」

「そ、そうなの!?　ミアちゃんが!?」

「た……例えばです！　失恋じゃないんですけど……っ」

もしかしたら誰にも打ち明けられないんじゃないかと自分でも思っていたグラビアグランプリの一件。

けれど、温かいシャワーと紅茶でミアの心は緩《ゆる》んでいたのかもしれない。

途中で何度か、箱を開けたばかりのティッシュが必要になったりもしたが。

ミアは、渾身《こんしん》の想いを込めて挑《いど》んだグラビアの賞レースで、最下位になってしまったことを、サクヤに打ち明けていた。

「そんなことがあったんだ……」

サクヤの声は、淹れ直してもらった紅茶と同じくらいじんわりと染《し》み入るようだった。

「そのグラビアの載った雑誌って、まだ発売はされてないの？」

「あ、いえ……えっと、グラビアページ自体はもう印刷されてて……」

ミアは玄関に置きっぱなしになっていた自分のカバンから、自分のグラビアが印刷された紙を取り出す。

「あっ……」

びしょびしょのくたくただ。

「大丈夫、乾かしながら見せて？」

サクヤは紙面をテーブルの上に丁寧《ていねい》に載せると、ゆっくりとページを開いていく。

「え、すごい……」

サクヤは思わず、という風に声を漏《も》らしていた。

サクヤは青年誌のグラビアのセオリーを知らない。

本来そこには、学校の制服を模《も》した衣装や、水着姿のフォトグラフが並ぶ。

だから彼女が感嘆《かんたん》の声を漏らしたのは、そのセオリーとのギャップに驚いたからではなかった。

純粋に、サクヤは胸を打たれていた。

その写真はまるで映画の中のワンシーンのようだった。

ひとりの少女の日常。

でも明らかに彼女にとっては特別な瞬間を切り取っている。

その生々《なまなま》しさは、どちらかと言えばスクープ写真に近いかもしれない。

どこかであった現実そのもの、ノンフィクションを思わせる息遣《いきづか》いがこもっていた。

それでいて、きちんとグラビアとしての体《てい》を成《な》している。

それは映画のパンフレットでもなく、青年誌のグラビアでもない、別のなにかの可能性だった。

「ミアちゃん、これって……」

「実は……」

ミアは説明する。

このようなグラビアが出来上がったのには、やはり普通じゃない経緯《いきさつ》があった。

ミアと、彼女が声をかけたスタッフは半分以上が、例の『延期になってしまったお芝居《しばい》』の関係者だった。

彼女は演出家やスタッフ、それから雑誌の編集部に掛け合い、公演するはずだった芝居の色々な場面を、グラビア（?）として切り取れないかと提案した。

なかなかにイレギュラーな企画《きかく》だったが、どちらの代表も『他の誰かがやったことなどしたくない！』というのがモットーだったため、流れが出来上がった。

延期された芝居の台本の内容をひと言で言うと、
『疑似《ぎじ》科学がひとつずつ現実になっていく世界の中で、組織から逃げる「意思を持ったヨーグルト」と転売ヤー少女の逃亡劇』
というもの。

舞台となる常識が崩壊《ほうかい》していく日本の中で、ヨーグルトと一緒に逃亡を続ける転売ヤーのヒロインがミアだった。

そして切り取られるシーンは六カット。

彼女が転売目的で購入しようとするプラモデル購入の列で、突如《とつじょ》牛乳から発酵《はっこう》して生まれるヨーグルトとの出会いから始まり、海辺で水素水や水からの伝言を受け取ったり、ついにはビルの屋上で宇宙波動パワーに覚醒《かくせい》して転売を撲滅《ぼくめつ》するラストまでのシーンで構成されている。

「ミアちゃんて、こんな表情もするんだ……」

「あ、まぁ……」

サクヤは一枚一枚の写真を本当に細かく見てくれた。

しかもミアは、最下位だったから慰《なぐさ》めるためではなく、本当に感心してくれている気がしていた。

「ねえミアちゃん、本当にお疲れさま。これ、大変だったよね……？」

「え……？」

「なんていうのかな……、これ、ミアちゃんの熱意がなかったら、こんなにすごいのになってない気がする」

「そ、そうかな……」

「例えばだけど、えっと……」

サクヤは三枚目の、夜のファミレスで追っ手に見つかってフォークとナイフで殺し屋に立ち向かおうとするミアのショットを見ながら、

「このシーン、もしかするとあと三枚くらい、別のショットがなかった……？」

「なんで……そう、思うんですか？」

「え……っと……、このグラビアの一枚目のミアちゃんの表情って驚きの顔で、二枚目が怒ってる顔でしょ？　で、三枚目のミアちゃんも怒りに近い険しい表情で……、四枚目は悲しそうで、五枚目が笑顔で、六枚目が決意を固めてるっていう感じで……」

サクヤは「んん～……」と目を閉じて眉間《みけん》にしわを寄せ、

「本当はこれ、全部違う表情でいこうって、たぶん本を作る人は考えると思うけど……、たぶんこの三枚目、もっと違うパターンの表情もあったと思って。怯《おび》えた顔とか、泣きそうな顔とか、なんていうか、もっと女の子らしい表情っていうか……」

濡《ぬ》れたページを慎重にめくりながら、写真の中のミアを見つめる。

「でもミアちゃん、そういうのじゃないって思ったんだよね。ちゃんと立ち向かいたいって。他のスタッフさんを説得するの、すごく頑張ったんじゃないかなって思って……」

サクヤはそう言って、ミアに視線を向ける。

「え、え……？　ミアちゃん!?」

「なんで……っ」

ミアは上を向いていた。

「なんで、わかるんですか……っ!?」

涙を拭くのが恥ずかしかった。

瞳《ひとみ》からこぼすのはもっと嫌だった。

だからミアは上を向いたのだが、無理だった。

目じりからあふれた涙が耳にかかり、床に落ちた。

「んあ……っ」

ミアはいつの間にかサクヤに抱きしめられていた。

「頑張ったね、ミアちゃん」

ここがきっと、サクヤも慣れてない新居で。

まるで現実感から切り離されていたから、こんなに自分が制御《せいぎょ》できないんだろうとミアは思った。

ミアは溜《た》まりに溜まっていた思いの丈《たけ》を吐き出していた。

さすがにレイジへの思いは吐き出せなかったが、このグラビアを成功させるために一時はレイジのことを忘れるくらいのめり込んだのだ。

言いたいことは後から後からあふれた。

「大丈夫だよミアちゃん……、今回のことって、きっとこれからに繋《つな》がると思う」

ミアにはそれがどういうことかわからなかった。

けれど、一個だけ。

サクヤにずっと、『よしよし』されながら、思っていたことがひとつだけある。

なんで、私をこうして慰めて抱きしめてくれるのがサクヤなのか。

普通だったらこれ、レイジがいるポジションなんじゃないの？　と。

◆

ここからは後日談となる。

ミアは確かに審査員特別賞をもらった。

言い換えれば、読者投票では最下位に収まった。

けれど、審査員特別賞というのは残念賞というわけではなく、名前の通り、本当に審査員に特別に選ばれた賞だったらしい。

一般読者からは「?.?.」と首をひねられてしまった『企画』は、確かに業界人に届いていた。

まず、完全版の写真集の発売が決まった。

それに合わせて、元になった舞台の上演が確約され、ドラマ化の話まで現実味を帯びている。

ミアのあやしい魅力にフォト雑誌が特集を組み、そのビジュアルと世界観は彼女が関《かか》わる音楽やMVにも波及し始めている。


「あ、レイくん。これ、完成したからサイン入りの、あげる」

「ミアさんそれ、写真集できたんですか!?」

昼休みの図書室の片隅《かたすみ》で、ミアはレイジに差し出した。

「ありがとうございます、中見ても?」

「もちろん」

「……うわぁ……やっぱり、かっこいい……」

「でしょ」

ミアはレイジをあきらめていない。

自分をここまで引き上げて……押し上げてくれたのはやはりレイジだ。

こうして、彼に褒《ほ》めてもらえる今は至福《しふく》以外のなにものでもない。

「……で、こっちはサクヤさんに」

「サクヤさんのもあるんですか？　きっと喜びます！」

でも今は、ミア自身のサクヤへのリスペクトが強すぎる。

あれならレイジがあの視線を送り続けることも仕方がなかった。

「（でもサクヤさん。うかうかしてると、私がさらっちゃいますから、レイくんのこと）」

今は仕事仲間として。

そして今以上に、彼に認められるため。

「（もっともっと、勉強、必要かも）」

ミアには、いつまでもしょげている時間はなさそうだった。

すごい…サクヤさんて なんでもわかってくれる……！
え、ええと、なんでサクヤさんはここまで私にしてくれるんですか……？
え、なんでって…
親友のツムギの妹で、レイジのクラスメイトだし……
うぅん…そうじゃない、かも
？
え……？
ミアちゃんはこんなに頑張ってるんだもん
絶対に今回のことは無駄にはならないと思うから……
それにほら、まだ涙ぐんでる
ミアちゃんの瞳、こんなに綺麗なんだよ……？
はわぁ…
ハッ!!
…って！でも、なんでこれがレイくんじゃないの!?

サクヤは新居でも悶える

Part 17

「よかった、間に合った……」

サクヤは駅の改札を出て、新しい自分の居場所に繋《つな》がる出口へと急ぐ。

今日は午後からの講義は休講と、ひと月ほど前から決まっていた。

それに合わせてひとり暮らし予定のマンションの整理を進めようとサクヤは考えていた。

数日前、ひょんなことからそれを仁保《にほ》ミアに話すと、

ミア＞その日……私仕事で朝から撮影で、上手《うま》くいくと午後から空《あ》くかもなんです。

ミア＞もし時間が空いたら、引っ越しのお手伝いに行ってもいいですか？


「なんだか不思議な気分ね……。友達の妹とも仲良くなったりすることとか、あるんだ……」

その理由を思い出すと、サクヤは思わず身悶《みもだ》えしてしまう。

金曜日の午後。

待ち合わせの駅前に、まだミアは姿を現していない。

「でも、あの時の私、なんだか偉そうなこと言っちゃったけど……。ううぅ……」

モデルのバイトで少し打ち合わせがあり、事務所のあるビルへ顔を出した日の帰り道。

ゲリラ豪雨にびっくりしながら駅まで急いでいると、ずぶ濡《ぬ》れのミアと出会ったのだ。

なんだかドラマのワンシーンみたいと思いつつも、安全で一番近い雨宿り場所として思い出したのが、今から向かおうとしている新居のワンルームマンションだった。

女の子同士の気安さで冷えた体を温めるためにシャワーを勧《すす》めた。

ミアになにかがあったのはわかっていた。

聞き出すつもりはなかったが、できることはしたかった。

励《はげ》ますなんておこがましいが、なにかができるならと少し意気込んでしまったかもしれない。

「微妙に恥《は》ずかしい……！」

結果、なんだかミアの心は前を向いて、おまけにこちらを見る目が最初とちょっと違う気がしている。

それが今回の、引っ越しのお手伝いに繋がっている気がサクヤにはしてしまうのだ。

「あ、サクヤさん、お疲れ様です。待たせちゃいましたか？」

「な……」

声に振り向けば、そこに美少女がいた。

「あ、ミアちゃん……！」

そんなに可愛《かわい》くて学校で大丈夫!?　とサクヤはつい思ってしまうほどに。

「う、うぅん、私も今来たとこ！　じゃ、じゃあ行こっか」

「お願いします」

しかも、見た目とは裏腹《うらはら》に礼儀正しい。

やっぱり業界というか、大人の世界に揉《も》まれているからか……。

「今日はありがとう、ミアちゃん。でも、なんで急に手伝ってくれるって……」

「えっと……なんていうか、この間のお礼というか……」

さらには義理堅い……！

「あと、サクヤさんひとりだと、なんか心配で」

「えっ？　そ、そう!?　私だけでもできるよ!?」

「でも、えっと……明日、みんなを呼んで、引っ越し祝いのパーティをするんですよね？」

「あ……うん！　ミアちゃんも来てくれるんだよね？」

「もちろん伺《うかが》いますけど、その時の飲み物とか……サクヤさんだけで用意できます？」

「あ……」

「やっぱり、心配した通りでした」

いざとなったら、家ではアヤトとレイジがすかさずフォロー。

大学ではツムギとエリナがあれこれ世話を焼いてくれる。

ミアはそこまで見抜いていたわけではなかったが、行動の端々《はしばし》から察しているらしい。

「お家《うち》、こっちですよね？　ちょうどいいお店とか、今のうちにチェックしておきましょう」

「そ、そうね……！　うん！」

サクヤは駅から続く通りを見回す。

そこには今どき珍《めずら》しい商店街が小さいながら続いている。

サクヤはさっそく、ひとり暮らしする街の駅前が好きになっていた。

まだきちんと開拓してないけれど、ここには面白《おもしろ》そうなお店がありそうだった。

お肉屋さんのコロッケは美味《おい》しそうだし、隣のパン屋さんにも入ってみたい。

今回のひとり暮らしは、確かに超特急だった。

それでもできる限りしっかりと部屋を選んだせいで、まだそういう探検はできていない。

新居に落ち着いたら、じっくりやるつもりだった。

徒歩八分。

商店街が途切れ、住宅地に少し入ったところにサクヤが借りたマンションの一室はある。

「環境もいいし、ほんといいところ見つけましたよね、サクヤさん」

「あ、この前も言ったけど、ミアちゃんのお姉さんとも一緒に探したんだよ？」

「あ〜、お姉ちゃん、そういうの煩《うるさ》いから、ちょうどよかったのかな……」

小さなエレベーターで五階に上がる。

サクヤの契約した五〇一号室はエレベーターを降りて、左手にある。

もう少しで到着だと、ミアがサクヤに続いて共用廊下を進んでいると。

不意にサクヤは立ち止まった。

「あ、えっと……」

「やあやあ、南条《なんじょう》さーん♪」

どこから現れたのか……いや、最初からこの共用廊下にいたのだ。

一見、ちょっと真面目《まじめ》なホストのような背広姿の男が声をかけてきた。

「うわ……っ？」

不意を突かれてミアは一瞬たじろぐが、雰囲気《ふんいき》からするとサクヤの知り合いらしい。

「あ、えっと……家門《かもん》さん？」

「びっくりさせちゃいましたぁ？　たまに僕、こうやってお客さんのお家に異常とか出てないか、点検するようにしてるんですよ。アフターサービスってやつで」

「あ、そうなんですか?」

「いやあ、今から確認しようとしてたんですけど、また今度にしますね?」

「はい、えっと……ありがとうございます」

「じゃあ僕はこの辺で」

スーツのホスト男はツカツカとエレベーターに乗って姿を消した。

「……なんか、変な人ですね」

「あの人、ここを管理してる不動産屋さんなんだけど……」

「え? そうなんですか?」

「今どきの不動産屋さんって、こんなアフターサービスもしてくれるんだね」

「聞いたことないですけど……」

サクヤは気にする風もなく、玄関の扉の鍵《かぎ》を開ける。

「どうぞミアちゃん」

「お邪魔しま……って、……サクヤさん?」

「え? あ……っ」

ミアは廊下の現状とサクヤを見比べるように視線を往復させる。

「ご、ごめんごめん！　いま片付けるから！」

そこにはサクヤがちょくちょく買い足していただろうグッズ。

お風呂用品や食器や調理道具、トイレットペーパーや掃除機などがごちゃごちゃと積み上げられていて、ちょっとやそっとでは乗り越えられない壁ができていたのだ。

「いえ……ここからお手伝いします。私、来てよかったですね」

「あはは……、あ、ありがとう、ミアちゃん」

ミアは、山と積まれた生活雑貨を切り崩《くず》しにかかった。

◆

「こんな感じかしらね……？」

「はい、いい感じのお部屋になりましたね」

ひとりでやったら倍はかかったかもしれない部屋の整理整頓《せいとん》。

サクヤの新居はミアがテキパキと手伝ってくれたおかげでずっと楽に早く終わっていた。

「じゃあ、お茶淹《い》れますね、サクヤさん」

「え、それは私が……」

「この前のお礼ですよ。サクヤさんは座っててください」

キッチンをふたりで整理し直したので、紅茶の位置もポットの位置もバッチリだった。

「今日は本当にありがと、ミアちゃん。おかげですごく助かっちゃった」

「いえ……。それに私、もうちょっとサクヤさんとお話がしたかったし」

「私とお話し……？」

「はい」

ミアは紅茶を淹れると、サクヤが休むテーブルの前にマグカップをふたつ置いて、

「サクヤさんて……レイくんのどこが好きなんですか？」

「へぇえっ⁉」

サクヤは一瞬で真っ赤になっていた。

「あ、レ、レイジの、好きな……ところ⁉」

ミアとしては、この反応を見れただけでも満足な部分はあったのだが、

「えっと、それは……い、いろいろ……」

「たとえば、優しいところとかですか？」

「う、うん！　そ、そうね！　うん、レイジは優しいから……」

「後は……たくましいところとかはどうですか？」

「そ……そうなの！　レイジって見た目と違って、すごくがっしりしてるのよね」

「サクヤさん、見た目通りちょっとえっちですね」

「ちょ、ち、違……っ！」

「他にはどんなところですか？　逆に、ここはちょっとイマイチというところとか……」

「え、レイジのイマイチな、ところ……？」

「たとえばですけど……ちょっと奥手なところとか、あったり……？」

「あ、あああっ！　そう、かも……！　いやでも、紳士的っていうか、そこはそれで……」

記憶の中のレイジが立ち上がってきてしまったのか、少しうっとり気味のサクヤは、

「って、そ、そんなことより、ミアちゃんってどうなの？　学校でもモテモテでしょ？」

「さぁ……どうなんですかね」

ミアは思い出すまでもないという感じで、少しだけ肩を落とし、

「学校の男子って、みんな子供っぽくて相手にしてられないんですよね」

「あぁ……ミアちゃんはもう、独《ひと》り立ちしてるようなものだし……」

「そうですね。もっと自立してる感じの男子ならいいかもしれないですけど。……あ、レイくんは別ですよ？　すごくしっかりしてますし」

「え……、じゃあミアちゃん、もしかしてレイジのこと……」

その瞬間、ミアの脳内に選択肢《し》が浮かび上がる。

①好きですよ？　レイくんのこと。
②もう、なんでそうなるんですか？
③どう思いますか？　サクヤさん。

①を選んだら、その瞬間から修羅場《しゅらば》が始まるだろう。
ミアはその未来予想図を思い浮かべ、心の中で苦笑する。
それはない。
色々な気持ちとか感情とか考えをすっとばして、ミアはサクヤが好きだった。
だからサクヤを悲しませたり困惑《こんわく》させるようなことをするなんて考えられなかった。
②はすごく無難だ。
選ぶべきはこれくらいの軽い返答だろう。

軽く流して、サクヤとレイジが幼馴染《おさななじ》みだとか、友人であるアヤトの話題に移ったりすればいい。
③の「どう思いますか？　サクヤさん」は少しあやしい感じ、じゃれた感じをサクヤに抱か

せるだろう。

今、この瞬間なら軽く流せるだろうけど、今日の夜とか「あれって、もしかして……!?」とサクヤは気にしてしまうかもしれない。

とはいえ、すぐに「あれってまさか、そういうこと!?」と聞いてくるタイプじゃない気がする。

余計な波風は立たせない方がいいだろう。

――ここまでの思考、実に〇・〇九秒。

刹那《せつな》の一瞬で全《すべ》ての結果を予測して、ためらいなく、よどみなくミアは、

「レイくん、サクヤさんにぞっこんですよ？　他の人と見る目が全然違います」

そう答えていた。

「そ、そうなの……？」

「気づいてないんですか？　モデルでポーズとってるサクヤさんを見てる時のレイくんの顔、すっごいすけべですよ？」

「ええええっ!?　レイジがすけべな顔!?　見たい！」

その時、テーブルの上のサクヤのスマホが振動。

メッセージの着信を告げる。

「あ、レイジから……」

「スケベな彼氏からですね」

「……え？　レイジとアヤトが、今からこの家に来るって……」

「全部片づけちゃわないで、手伝ってもらえばよかったですね」

「うん。だけど……」

サクヤはゆっくりと立ち上がると、キッチンに設置してもらったばかりの冷蔵庫をバカっと開き、

「とはいえ、なにもないのって、ちょっと問題かも……」

「えっと、まだふたりが来るまで時間ありますよね？」

「そっか。あの商店街に飲み物とか買いに行く？」

「行きましょう」

ふたりはさっとマグカップをシンクに戻し、荷物を持って部屋を出た。

「ミアちゃんがいたら、レイジもアヤトもびっくりするわね」

「いっそ、驚かしましょう」

なんて言いながら。

◆

サクヤとミアが買い出しのために出かけ、しんと静まり返った室内。

その静けさは二分後、かちゃりと外から鍵を差し込み、そっと開け放たれる音で破られた。

サクヤとミアが戻って来たのではなかった。

「ただいまぁ〜」

声は男のもの。

レイジやアヤトのものでもない。

廊下に飾られた鏡に映る姿は、一見するとホストのような甘い外見。

この部屋をサクヤに紹介した不動産屋に勤める、家門ヨシヒコだった。

「はぁ……、今回の部屋も上玉で……僕うれしぃ！」

家門は部屋の空気を胸いっぱいに吸い込む。

彼はこれだけで、部屋の間取りや家具の位置を把握《はあく》することができる変態だ。

もはや目をつぶってウロウロしたりしても、この部屋の家具に足の小指をぶつけたりはしないだろう。

「これが楽しみで続けてる仕事だし……はぁ……やっぱり想像通りイイ趣味してるなぁ～」

ひとつひとつお部屋をチェック。

とは言ってもワンルームマンションなのでこのベッドルーム兼リビングルームとキッチン。

あとはトイレとバスルームしかない。

「僕がこんなに熱心に五〇一号室を見回ってたら、隣の五〇二が嫉妬《しっと》しちゃうかも。あとでき ちんと五〇二にも行ってあげなきゃ」

家門はさっきまでミアが座っていた椅子《いす》に座ると、そこからの景色を楽しむ。

「さて、なにをいただこうかなぁ……。さっきまであのふたりは紅茶を飲んでたみたいだし……」

部屋に残った香りは、明確にそれを示していた。

「ここは一体感を深めるためにも、同じ紅茶をもらおうかな」

彼はキッチンで手早く準備を進める。

あたかもよく知った家のように、戸惑《とまど》うことなくポットや茶葉《ちゃば》の位置を予測できるのが彼の特技でもあった。

「ふんふんふ～ん♪」

明日はパーティでもあるのだろうか。

冷蔵庫の中に、それらしい食材がこれから入れられる気配がする。

もしかしたらふたりは、そのために必要な買い出しに行っているのかもしれない。

家門は猶予《ゆうよ》時間に若干《じゃっかん》の修正を加える。

ただの買い物、買い出しよりも五分から十分は長めになるかもしれない。

その分、自分はこの空間を満喫《まんきつ》できる時間が増える。

「カレーライスチャレンジ、行ってみようかな……」

彼の言うカレーライスチャレンジとは、レトルトのカレーとチンするだけのご飯で、カレーを食べるというそのままのミッションだ。

その部屋でカレーという家族団欒《だんらん》のシンボルのような料理を食べるのだから、それはすなわち、家族の一員ということだ。

だがもちろん、それには危険が伴《ともな》う。

一番はやはりカレーの匂《にお》いだ。

食器類はきれいにすることができるが、やはり食べた覚えのないカレーの匂いが帰宅後の部屋から漂うのは危険が伴う。

けれど、いつかはやらなければならないことなのだ。

それにこの部屋は今までの中でも確実に上位にランクインする品格を持っている。

家門はカレーライスチャレンジの誘惑もあり、この部屋との早めの親睦会《しんぼくかい》に踏み切っている。

「時間的にぎりぎりだけど……やる価値は、ある……！」

家門が自分のカバンから、マイカレーを取り出そうとした、その時だった。

カチャン

玄関に、鍵を差し込む音が彼の鼓膜《こまく》を震わせた。

予想より十五分は早かった。

「早い……!?」

玄関の扉が開かれる音がそれに続く。

人の気配は、やはりふたつ。

どうやら玄関にあった男モノの靴を見て、動揺しているらしい。

家門は念のためにポケットから銀行強盗などがかぶる目出し帽をかぶる。

運が良ければ、不審《ふしん》を感じてそのまま家の外に出て行ってくれれば、強行突破しようとも考えた。

「うぅ……っ！」

けれど予想に反して、ふたりは廊下を歩いてこっちにやってくる。

だが、相手はか弱い女子がふたり。

「そっちがそう来るなら、ここは力ずくで……！」

一瞬で覚悟を決める。

お部屋は自分の味方だ。

そしてリビングに続くドアが開いたその瞬間、

「せやああ!!」

飛びかかろうとした家門ヨシヒコの身体《からだ》が止まる。

「……ぁぁあっ？」


そこにいたのは、ふたりの青年だった。


「誰ぇぇぇえええ!?」

思わず叫ぶ家門。

「ねえ、アヤト。これって……」

「まあ……どう見ても、はぁ……。空き巣か変質者ってやつだろ」

ひとりは見るからに陽《よう》キャっぽい、軽めのノリだが目つきの鋭い男。

そしてもうひとりは、一見陰《いん》キャだが……。

「わかった……」

ぼさっとした髪の青年の目が、鋭く細められた瞬間、

「だぁあっ!!」

ゾッと恐怖が這《は》い上った脊髄《せきずい》の反射を、家門ヨシヒコは逃走に全力で割り振った。

一見陰キャの青年——レイジも驚くような身のこなし。

家門ヨシヒコはベランダに繋がるサッシを開けると、ためらいなくベランダの手すりに手をかけ、乗り越える。

「待ってここ五階……っ!?」

慌《あわ》ててベランダに駆け寄れば、

「な、なにあれ……!!」

隣家の屋根に着地した家門はくるりと前転、その勢いのまま走り出す！

「あれって、パルクール!?」

「なんなんだあの変質者!!」

「アヤト！　あいつ、追いかけ……」

「る!!　行けるかレイジ！」

「たぶん、問題……ない!!」

先行する変質者の動きをそのままトレースするかのように。

レイジの身体が空を舞った。

決定的な証拠は残していないはずだ。

バッグは身体《からだ》に括《くく》りつけている。

民家の屋根やベランダ。

公民館の非常階段や塀《へい》の上。

雑居ビルの屋上に身をひるがえし、息を荒くしながら家門ヨシヒコは少しずつ平常心を取り戻していく。

もちろん顔も見られていないはずだ。

目出し帽の裾《すそ》を直しながら、ヨシヒコはとあるマンションの空《あ》き室の小さなベランダでしゃがみ込む。

この一帯で、自分を追い詰めることは警察でも無理なはずだった。

自分の担当地域の地理は、普通の道や私道を含め完全に把握《はあく》している。

さらにはこういう『道ならぬ道』、つまりパルクールなどの高機動運動で障害物を突破しなくては進めない道にも熟知。

一見無茶な『お宅訪問』を趣味、生きがいとする家門の自信の源《みなもと》がこれだった。

「このまま、下に降りて……」

深く息を吐いた時だった。

「……!?」

五〇一号室で感じた悪寒《おかん》が、再び背骨を貫《つらぬ》く。

「は!?」

思わず立ち上がり、自分がやってきた方向を注視してしまう。

そこに、いた。

「なんで……?」

陰《いん》キャ風の、ボサ髪の青年が塀の上に立ち、まっすぐこっちを見ていた。

目が合ったのは一瞬。

ボサ髪は弾《はじ》かれたようにこちらにやってくる。

「ちょっ!?」

まさか、偶然にも相手もトレーサーだったとは……!?

家門は相手を振り切るために、難度を上げた機動でベランダ越しにマンションをよじ登り始めた。

◆

一方、五〇一号室に残ったアヤト。

「レイジなら、たぶん……!!」

その言葉に込められた信頼は厚い。

「っしゃ！　思った通り……！」

スマホのとあるアプリを起動させたアヤトは、３Ｄマップに表示された位置表示ピンがアクティブになっているのを確認。

すぐにレイジの顔アイコンが表示される。

トリッキーな動きを見せる位置表示ピンが示すのは、レイジが不法侵入者を追う中で起動したスマホのＧＰＳだ。

アプリの開発者は楡《にれ》フウゴ。

例のアプリはすでに完成していたのだ。

あの陰険《いんけん》メガネは「これがあの時にあれば！」とのたまっていたが、セリフ通りその威力《いりょく》は絶大。

アヤトも自分の位置表示をオンにし、アプリをインストールしている『太異喰雲《タイクーン》』メンバーに通知を飛ばす。

すると次々にマップにピンがスポポポとぶっ刺さり、メンバーがアプリを起動していることがわかる。

アヤトは素早く、全体モードを『緊急事態：変態を追跡中』に変更。

レイジのアイコンを指定し、その進行方向の五～十五メートル先の範囲を常《つね》にマーキングするように設定。

太異喰雲メンバー全員が見ることのできるチャット枠《わく》に、

『至急！　マーキングした範囲にスーツ姿に目出し帽の男を捜せ！　捕まえる必要はなし。指定したルートに誘導せよ！』

そう書き込んでから、岡田《おかだ》ユキオと楡フウゴを直接通話モードで呼びだす。

「アプリ見てるか!?　お前らの出番だぞ……!!」

◆

「おい行くぞ！　イキリ金髪！」

「はぁ!?　まだスープ全部飲んでねえよ!?」

駅前のらーめん屋から飛び出したフウゴを慌《あわ》てて追いかけながら、

「おい陰険メガネ！　このアプリ、マジ正確なんだろうな！」

「ぶち殺しますよ？　僕がプログラムしたんです。完璧《かんぺき》に決まってるでしょう？」

自分のスマホをチェックしつつ、フウゴはこちらに少しずつ近づいてくるエリア周辺に自分の息のかかったメンバーを集める。

「まあ、イキリ金髪には理解できないでしょうけど」

「お前ふざけんな？　俺の完璧さに比べたらてめーはただのメガネだかんな!?」

そう言って勝手にスマホが示すエリアに向かって、迎え撃つようにユキオは走りだす。

「わかってますか!?　目標の目出し帽はパルクールで逃げてるんですよ!?」

「こういうやつだろ!!」

駅前の公園を突っ切ろうとしたユキオは、道路沿いに並べられた花壇の縁《ふち》に足をかけ、

「せああっ！」

そのまま駆け上がるように飛び、

「どう……うごぁあ!?」

二歩目の公園遊具に着地し、そのままホップステップと多段ジャンプしようとしたが、

「ぐふぅぅ！」

遊具が揺れるユラユラ系のお馬さんだったため、そのままひっくり返り地面を転がる。

「今のショート動画で投稿したらあっという間に二百万再生くらいいきますね」

「マジで!?　撮ったの!?　俺バズっちゃう!?」

ユキオは砂だらけになりながらフウゴを追いかけ、

「撮ってないです」

「クソがよ！」

口の中の砂利《じゃり》を吐き捨てた。

◆

「………？」

家門《かもん》ヨシヒコは自分の歯が、カチカチいい始めたことに気づいた。

こちら追って来ているボサ髪の青年は、きっとあの家の身内だろう。

自分ならすぐに振り切れるだろうと思っていたが、どんどん距離を詰められている。

追いつかれることはないとは思う。

けれど追いかけられ続けるというまったく予想していなかった展開に、運動量以上の汗《あせ》が止まらない。

もしかしたら体力の限界が先に来るかもしれない。

そしてもしかしたら今、それ以上に、わけのわからないことが起こっている。

歯が、カチカチ鳴るのをやめない。

確かに自分はスーツに目出し帽という異様な格好《かっこう》はしている。

それにしても、出会い頭《がしら》に他人に見つけられた時は、相手はこちらの様子にびっくりして、一瞬固まって行動不能になるのが普通だ。

なのに自分は今、逆に周囲から捜されているような気がしている……！

「あっちだぞ……！」

「いた！　あそこあそこ!!」

みたいな声が時たま聞こえ、街の住人にまるで包囲されているように行く手を阻《はば》まれている気がするのだ。

まるで指名手配犯のように。

「どういうこと……!?」

家門ヨシヒコにとって、建物やビルは味方だった。

地の利はこちらにあるはずだった。

いつもそれで勝利し続けていた。

「はぁ……っ！　はぁああ……!?」

ヨシヒコはもう自分がどこに向かって逃げているのかもわからなくなっていた。

身を隠せるはずの建物の屋上や空き家、空き部屋。

ボサ髪はなぜか自分を見失うことはなく、隠れる隙《すき》がなかったし、行きたい方向には自分を捜す地上部隊のような連中が目を光らせていた。

「はぁっ！　はぁ……ぁ！　もう、限界っ!!」

マンションのベランダをよじ登ったヨシヒコは、運よく開いていたガラス戸から室内に転がり込む。

そして急いで鍵《かぎ》を閉めようとしたその時だった。

「やあ、お帰り」

「はっ!?」

振り返るヨシヒコは信じられないものを見る。

「こ、ここは……」

「町内一周かな？　パルクールっていうんだっけ。すごいよね」

目の前には陽《よう》キャ風の青年。

そしてこの部屋は……

「戻って来ちゃったの!?」

焦《あせ》るヨシヒコの背後で、カラカラとガラス戸が開き、

「ふぅ……ただいま、アヤト」

「お帰りレイジ」

「い、いや……ちょっと、え？　あ、あなたは……！」

ヨシヒコはその場でついにへたり込む。

◆

「とりあえず……!」

「うぎゃあああっ!?」

レイジはアヤトが用意してくれていたタオルで手早く不審者《ふしんしゃ》を縛《しば》り上げる。

「なにこれぇ!? ああっ! おろしたてのタオルで僕をぉ!?」

ミイラ状になった不審者を見下ろし、

「サクヤさん、今ちょうど留守だったみたいだからよかったものの……。引っ越し初日に空き巣なんて……」

「ああ……」

「ぐ……うっ! あ、空き巣じゃなくて! 僕はただ、このお部屋と一体になりたくてもがもがもが……」

「部屋の空気を汚すな! 言ってる意味もわからない!」

「アヤト! アヤト窒息《ちっそく》しちゃうから!」

「ごふぅ～っ、ごふぅ～っ」

口にタオルを突っ込まれた不審者、ヨシヒコはなんとか自分の思いを説明しようとするが、

「とりあえず警察呼んだから……」

レイジのその言葉にぎょっとする。

「俺、外でサクヤさんと警察を待ってる。アヤト、見張り頼める？」

「まかせとけ……」

「んっ⁉　むふぅ～っ！　むふぅ～っ！」

玄関を出て行ってしまうレイジを引き留めるかのようにヨシヒコは呻《うめ》く。

「よし、とりあえずその目出し帽、取るぞ～？」

「んぐあぁっ……！」

「……ん？　お前、どこかで見た顔だな……」

呻いて慌てる、その理由。

ヨシヒコは、この陽キャとふたりきりには絶対になりたくなかった。

「え……？　あ、あああっ⁉　あなたはやっぱり、アヤトさん⁉　なんでヘッドであるあなたが、ここに⁉」

「やっぱりてめえ、『太異喰雲《タイクーン》』のメンバーかぁ……」

やはり今一度、メンバーを引き締めるべきだった。

「（しかしなんでウチには変態が多いんだ……？）」

しかも組織の末端《まったん》に、連絡や意思が届かなくなっている。

スマホやネットは確かに便利だが、そもそもそれに頼っていたからこうした問題が出た気もする。

「この家を借りたのは、俺の姉貴でね」

「えええええっ!? あのお姉さんアヤトさんのお身内だったんですかぁ!? す、すいませんすいませんアヤトさん! ち、ちがうんですぅ……!」

アヤトの冷たい指先が、ヨシヒコの顎《あご》へと伸びた。

「お、おまわりさん！　助けてくれてありがとぅ〜！」

両側を警官に挟《はさ》まれながら、ヨシヒコはパトカーの中に押し込められていく。

駆けつけた不動産屋さんの上司が、物凄《ものすご》い勢いで謝ってくる中で、

「ええっ⁉　不動産屋さんが空《あ》き巣に⁉」

マンションに帰って来たのはサクヤとミアのふたり。

「それを、レイジとアヤトが捕まえた……？」

ミアも唖然《あぜん》としている。

パトカーに押し込められている犯人には、サクヤもミアにも見覚えがあった。

家に入る前にすれ違ったあのホストっぽい男。

……普通なら、ゾッとして不安に包まれるだろう。

けれど不思議と、恐怖で体が硬《かた》くなることも、精神的にすくみ上がることもなかった。

「はい。なんとか……」

「危なくなかった？　……って言っても、レイジとアヤトだし……」

「まあね。姉貴と……ミアがいない時でよかったよ」

「もっとも、ふたりがいない時を見計《みはか》らって入ったみたいですが……」

サクヤとミアがこんなにも仲良くなっていることを知らなかったレイジとアヤト。

ふたりが一緒に戻ってきたことに最初は驚いたが、なんだか打ち解け合っているようだし、サクヤがひとりじゃなかったことも、今回はかえってよかったように思えた。

「それより念のために聞きますけど、サクヤさんもミアさんも、えっと、怪我《けが》とかないですよね？」

「も、もちろんよ！」

「買い物してた、だけだし……」

「よかった……なら安心しました。俺たちも急なことで、事情がまだよくわかってなくて……」

サクヤは駅前でミアと待ち合わせをしていたこと。

そして家に入る前に、あの不動産屋とすれ違っていたこと。

それからレイジたちから連絡を受け、買い物に出ていたことを説明する。

「なるほど……。ともかく、みんな無事でよかったよ。とりあえず父さんと母さんに連絡入れておくからな」

　アヤトはそう言って、スマホを取り出してその場を離れていく。

「あの、サクヤさん。私、今日はもう帰った方が……」

「うん……ごめんねミアちゃん」

「ミアさん、ありがとうございます。また連絡しますね」

「レイくん……サクヤさんのこと、よろしくね？」

「はい。また学校で」

「……うん、またね。サクヤさんも、ショックだと思いますけど、元気出してくださいね」

　レイジはミアの後ろ姿を見送った後、そっとサクヤの肩に手を置く。

「落ち着きましたか？　……いえ、無理に落ち着かなくてもいいんですけど……」

「うぅん……大丈夫。それより、レイジは？　アヤトとふたりで捕まえたって言ってたけど、無理してない!?」

「はい、心配しないでください。特に問題はなかったですから」

「で、でも、レイジの問題ないレベルって……」

「いや本当に、ちょっとだけ追いかけっこみたいなことをしただけなんですって」

「追いかけっこ……？　そ、そうなの……？　でも、うん……怪我とかなくて、本当によかった……」

「それで、サクヤさんが帰ってくるまでに、なんとか色々と片付けとか消毒とかはしておいたんですけど……」

「姉貴、レイジ、ちょっといいか？」

「アヤト……？」

「なにかあったの？」

サクヤはとある予感に身をすくめる。

もしかしたら家に変態が侵入していたということよりも……。

「父さんと色々話し合ったんだけどさ、えっと、姉貴」

「う、うん……っ」

「姉貴のひとり暮らし、今回は中止だって」

「そ、そんな……」

一番当たってほしくない予想が的中。

ムリもなかった。

両親としてはこんなことがあったら、そのままひとり暮らしをさせるわけにもいかないだろう。

それはわかる。わかるけど……

「ここまでがんばったのにぃ……!?」

「いやぁ！　実際、俺たちの活躍のおかげで事件解決したようなものっすよね!!」

アヤトからの指令で変態不動産営業、家門《かもん》ヨシヒコを地上から追跡したふたり。

「うるさいです黙ってください。僕のアプリがあってこその解決です。お前は騒いでただけですよねぇ!?」

岡田《おかだ》ユキオと楡《にれ》フウゴは、いつもの駅前のバーガーショップの三階で祝杯をあげていた。

もちろんアルコール類は置いていないので、ふたりが頼んだのは『大人のハッピーセット』である。

「なんだとこの陰険《いんけん》メガネ！　俺のスーパーダッシュがあったからあの野郎を追い詰められたんだろうがよ！」

「ですから、そもそも僕のアプリがなかったら！」

「『大人のハッピーセット』で出た俺の『街中《まちなか》で変な歌を爆音で流しながら疾走《しっそう》する広告トラ

ック』をやるからふたりとも落ち着け！」

「「すいませんアヤトさんっ！」」

ユキオとフウゴの活躍をアヤトはアプリ上から確認していた。

フウゴの動きは、まるで詰将棋《つめしょうぎ》をしているみたいに。

そしてユキオはあまりにも予想外に。

パルクールを駆使《くし》して逃げる家門ヨシヒコを追い詰めていった。

もちろん他の『太異喰雲《タイクーン》』メンバーもバリケードのようにヨシヒコの逃亡ルートを限定していった。

盤上から指示を出していたのはアヤトだったが、実際に彼らが動いてくれなかったら逃がしていた可能性が高い。

「（まあ、相手のパルクールをトレースして追いかけ続けたレイジは別格だったけどな……）」

『太異喰雲』のこれからを考えようとして、つい思い出したレイジの活躍。

そんなスポーティなレイジの姿に、やっぱり……。

「アヤトさん、どうかしたんすか……？」

「は？」

ぴくっとアヤトはスマホから顔を上げ、不安げなユキオに視線を向けた。

「今、なんか舌打《したう》ち……、俺らになんか今回のことでマズイとこあったら言ってもらいたいっす！」

「はぁ？　俺が舌打ち？」

覚えがない。そのままアヤトが「マジか？」顔でフウゴに眉根《まゆね》を寄せれば、

「ま、まあ、このイキリ金髪の言った通り、『チッ』て、しましたね。舌打ち」

「……、そうだな。お前らふたり……もうちょっと息が合うと思ってたんだがな」

「ほら見ろメガネ！　お前がスットロイからアヤトさん怒ってんだぞ!!」

「聞き捨てなりませんね！　あなたのイキリ臭が鼻につくだけでしょう!?　もっと頭使ってもらっていいですかぁ!?」

「ユキオ、フウゴ、そんなことより今回の家門ヨシヒコみたいなメンバーがまだいるはずだ。ピックアップして声かけしてくぞ」

「「すいませんアヤトさん！」」

アヤトも思考を組織のことに戻す。

「で、フウゴ。このアプリだけど、『太異喰雲』メンバー専用のモードを作れそうか？」

「はぁ～ああ、ミアに差、つけられちゃったなぁ～」

放課後の教室。

一見ゆるふわ優等生、黒髪ギャルの李木《すももぎ》センリは溶けていた。

ぐでっと机に寄りかかり、スマホを見上げるように眺《なが》めている。

小さなディスプレイには、世界観を纏《まと》った仁保《にほ》ミアが映っている。

彼女が出演をはたしたMVの批評記事をセンリは下へ下へとスワイプし続ける。

「冗談でしょ？　私はまだまだ使われてるだけ。センリはもう自分のブランド持ってるし」

パタパタと顔の前で手を振るミア。

その表情には、

「でもでもセンリちゃんのそれってカナちゃんがファストグラムで宣伝してあげたから人気でたんでしょお？」

そう言ってポーズをとるのはクリーム色のボブカット。

コケティッシュな笑顔で笑う綿上《わたかみ》カナ。

「なわけあるか!!　センリの写真の良さがテメーみてーなアングラアイドルのファンにわかるわけねーだろボケ！」

そんなカナに突っ込むのが、金髪黒ギャル。

エメラルドピンクの唇《くちびる》が艶《なま》めかしい初風《はつかぜ》ミドリだ。

「え～～それってオタク差別じゃない～？」

「それ自分のファンをオタクって言っちゃってるんだけど？」

白ギャルのセンリがそう突っ込むが、

「センリ、こいつにそんなこと言ってもムダだかんな。自分のファンを一番見下してんのコイツだから」

「だって踏んであげると喜ぶしぃ？　カナちゃんのファンていうかフォロワーのみんな！　ミアのファンもそうでしょ？」

「私、ファンと交流ないから……」

「じゃあ今度なにかの機会に踏んであげて!?　ブヒブヒ言ってすっごく可愛《かわい》いから～！」

「え、あ、考えとく」

「考えなくていいんだよ！　おい黙れアングラクソアイドル！」

「ミドリンの下着も今度私が宣伝してあげるねっ？　ほら、私ってミドリンに負けないくらい爆乳でしょ？」

「言ってて虚《むな》しくならねーか？　あいにくアタシんところにはＡＡカップはラインナップにな

いんだよ！」

「ねえねえ、それよりミアの相手？　っていうか、このMVの男だれ？　なんかすごく雰囲気《ふんいき》あるんだけど」

カナとミドリのやり取りをよそに、センリはミアにスマホを差し出す。

「どっかのアイドルとか俳優？　どこにも情報がないんだけど」

あ、それなら同じクラスの、ほら、ちょうどここと対角線。

あそこにいる陰《いん》キャたちの中にいるボサ髪の男の子。

平宮《ひらみや》レイジだよ。……と、こっそり打ち明けられるはずもなく。

「んー……、私もよく知らなくて。撮影の時もあんまりね」

「ミアって男の子に興味ないもんね～。はぁぁ……まあ、わかるよ。フツーの同年代って子供っぽいし」

「まあ、ね……」

この四人がつるむようになったのは偶然じゃないとミアは思っている。

どの子も、既《すで》に自分の得意な分野で社会に出て、小さいとはいえ影響力を持ったメンバーだった。

実はグループのまとめ役の初風ミドリが黒ギャルだった影響で、他の三人の雰囲気もギャルっぽくなってしまっているが、最初はみんなバラバラだった。

外見もそうだったが、お互いがいい影響を与え合って、じわりじわりとみんな活躍しはじめている。

でも正直、ミア自身はモデルとして度々《たびたび》グラビアなどを飾ってはいたが、この三人の堅実な活躍には並んでいないと思っていた。

だからこそ、そういう理由もあってミアは背伸びもしてみた。

一時は盛大に転びそうになったけど、あの雨の中で出会ったサクヤのおかげで、今は気持ちを作り直すことができていた。

年上の、さらには同性の友達……と、言っていいかわからないけど、サクヤの姿勢を見習うことで、センリの言っていたMV撮影にも前向きに挑《いど》むことができていた。

最終的に、サクヤはアクシデントに見舞われてしまったけど、レイジがそのダメージを最小限に抑えていた。

「(はぁ……レイくん……)」

レイジはやっぱり違う気がする。

――学年カーストのトップに位置するこの四人は、どうしても同年代から行動や考え方が浮きがちだ。

少し寂《さび》しいけど、学校という空間の中では仕方ないと感じていた。

これが卒業まで続いていくと思っていた。

「ふう……」

けれど自分は変わってしまった。

変わってしまったし、知ってしまった。

どうしても、声を交わしたい相手がよりにもよって同じクラスにいるのだ。

話をしていて、同じ空間にいて、すごく心地よい。

自分の変化に、三人が気がつくのも時間の問題だろうし、きっとセンリともカナともミドリとも気が合う気がしている。

この際、相談して協力してもらうのもありかもしれない……。

「ねえ、でもとりあえず、ミアのメジャーデビュー？　を祝してなにかしないとじゃない？」

「はいはーい！　この前行ったカラオケのデラックスルーム借り切ろ？」

「二十人用の部屋借り切ってどーすんだ？　ファンでも呼ぶ気か？　ひとりでやってろ」

「でもカラオケはいいかも」

「はい、ミアがいいなら予約しておくから。フツーの部屋」

案外……さっとレイジを誘ったらなんだかんだで来るんじゃないかと妄想《もうそう》し、一瞬教室の端に視線を向ける。

刹那《せつな》の瞬間、目が合った。

スマホを見ていたレイジが顔を上げた瞬間、たぶん偶然。

レイジは親しげに何か言いかけたように見えた。

けれど「はっ！」と我に返ったように固まり——

「…………っ！」

目を逸《そ》らしたのはミアだった。

「………ふぅぅぅ〜〜っっ」

ミアは思わずミドリとカナの陰《かげ》に隠れるように、机に突っ伏す。

「「んんんん〜〜〜？・？・」」

「え……っ？」

耳まで真っ赤になっていたミアに、ギャル三人の視線が突き刺さる。


その日の放課後。

カラオケでミアは三人から質問攻めにあった。

◆

「ちょっとちょっとエリナ聞いた!?　サクヤの話!!　サクヤは無事だったの!?」

通う大学にある、学生ラウンジが入ったビルの一階。

ロビーにあるソファにいたエリナに、ツムギは駆け寄った。

「うん、どうやら無事だって。聞いた時は私もびっくりしたけど……サクヤ、空《あ》き巣とは直接会ってないみたいよ?」

友人の新居に、空き巣(?)が侵入したという事件を聞いた親友ふたり。

ツムギとエリナはラウンジからキャンパス内へ移動する。

「なんでも、犯人は不動産屋さんらしくて……」

「えええええっ!?　じゃあ私たちも会ってるんじゃない!?」

「……たぶん、あのホストみたいな若い方だって……」

「ちょっとなにそれ怖いんだけど!!」

「なんでも……今まで紹介した部屋にもちょくちょく侵入してた、部屋でくつろいでたみたいで、余罪の数がすごいとかなんとか……」

「え、くつろぐ!?　なにそれマジで怖い……。サクヤ、ショック受けてるんじゃない……?」

ツムギは思わず立ち止まる。

つられてエリナも歩みを止め、顎《あご》のあたりに指を添えた。

「どうかな。ほら、彼氏のレイジくんいるでしょ？　彼がその空き巣を捕まえたらしくて」

「え？　レイジくんが？　うっそでしょ!?」

「本当みたいだけど。レイジくんが……捕まえたとかなんとか」

「あ、そうか、レイジくん。なんか、街中を追いかけまわして……捕まえたとかなんとか」

「うん、サクヤ、またレイジくん……って、格闘技とかやってるんだっけ？　うわ……それは……」

「そ、そうなの……？　うぅ……ん……」

「ツムギ？」

腕を組むツムギを、エリナはのぞき込むようにしていぶかしむ。

「ほら、私たちさ、サクヤがひとり暮らしをするなら、私とエリナ、シェアハウスでふたり暮らしでもする？　って言ってたじゃない？」

「うんうん、なにかと便利だろうしね」

「でもひとり暮らし、中止になっちゃったんでしょ？　サクヤ」

「みたいだけど」

「じゃあさ、サクヤに『三人でシェアハウスしてみない？』って提案してみるのはどう？　レイジにメロメロっていってもさ、内心結構ショックだろうし」

「ツムギ、あんたって……」

「な、なによ」

「なんでもないけど……」

なんだかんだで、やっぱり面倒見《めんどうみ》のいいツムギに、エリナはほっこりしていた。

Part 21
サクヤの、これから

「ううううう～、せっかく、せっかくレイジと一緒に、ここまで準備したのに……っ」

サクヤは新居となるはずだった部屋のテーブルに突っ伏した。

部屋の空気が悲しかった。

この前まで、この新居の空気は暖かくサクヤを包み、どこかに導いてくれるような軽やかさがあった。

揃《そろ》えたひとり暮らしグッズはサクヤの気持ちに寄り添い、一緒に未来を見てくれていた。

けれど今、それは完全に停止していた。

まるで力を封印《ふういん》されてしまったかのように部屋全体が沈黙している。

「サクヤさん……」

レイジも、引っ越しの手伝いに来ていた。

けれどサクヤはもう一時間近く、動こうとしていない。

「その気持ち、わかります」

「レイジ……？」

「本当に残念でした……。サクヤさんは本気で自立しようとして、ここまで準備したんですから」

「そ、そうよ……？　私、本気だったのに……」

サクヤの頰《ほお》が赤くなる。

自立のためにひとり暮らしをする。

そういう建前《たてまえ》だったことをサクヤは思い出し、言い訳するようにレイジを見た。

「…………っ」

そして不意に、サクヤの瞳《ひとみ》に涙があふれた。

「サクヤさん？」

「待って、違うからっ」

サクヤは驚いて、混乱していた。

「（そっか……）」

確かにサクヤの真の目的は、レイジとここで心置きなくいちゃいちゃすることだった。

思い描いていたその未来予想図がびりびりと破けてしまって本当に悲しい。

だけどそれだけじゃない。

いつの間にか本気でひとり暮らしで成長してみたいと思っていた自分がいたことに、サクヤは今、気がついた。

レイジはすごい。

きっと立派《りっぱ》な大人になると思う。

それに自分の周りの友達や知り合いたちも、すごく頑張っていると思う。

モデルをやっているツムギと妹のミアはもちろん。

親友のエリナはオリジナルのアクセサリーや小物の新作をネットで販売していて、結構有名だったりするのだ。

自分も頑張っていないわけじゃない、と、思う。

目の前のことに一生懸命取り組んできたはずだ。

でも今から思えば、少し焦《あせ》りもあったかもしれない。

最初は建前で言った「自立のため」という言葉に、いつしか本気になっていた自分がいた。

ツムギの勧《すす》めでモデルのバイトを始めてから、特にそう思っていた気がする。

この部屋でミアと一緒に紅茶を飲んだ時には、自分にもなにかできるかもしれないと感じていた。

みんなに追いついて、その隣に並べる。

なにより、レイジにも胸を張ってお姉さんでいられる。

気づいて余計に悲しくなった。

それが全部、この部屋と共に引き払われてしまう。

「…………」

サクヤは唇《くちびる》を噛《か》んで、再びテーブルに突っ伏した。

「(とはいえレイジとふたりっきりになれる予定だったのに！　もうすぐ、目の前……っていうか、もうレイジとふたりでいるのに！　このお部屋がなくなっちゃうなんてぇぇっ！)」

「サクヤさん、今回は残念でしたけど……」

テーブルの上の手に、指先に何かが触れた。

「レイジ……？」

彼の指先だった。

「でも契約が終わるのはまだ先ですし、今日とかならまだ、ここにいてもいいんですよね？」

すっと触れて、ぽんと手の甲《こう》に一瞬レイジの手が重なって離れる。

「え……？　う、うん……契約自体は、今月末までだけど……」

「だったら、今日の夜ぐらいまでは、なんていうか……サクヤさんがいいならですけど、ここでゆっくりしませんか？」

「ここで……」

「たとえばですけど、食器も材料もそろってるから、一緒にご飯を作ったり……」

「う、うん……」

「それをふたりで食べたり……」

「ふ……ふたりで？」

もう何度もサクヤはその光景を妄想《もうそう》している。

別に弟のアヤトが邪魔というわけじゃない。

けれど、自分だけに集中してくれているレイジはとっても優しくて……。

「あ、でも、なんかこれって新婚の夫婦みたいですね」

「し……新婚夫婦っ!?」

がたんと椅子《いす》を鳴らしてしまうほど、サクヤは動揺してしまう。

「そ、そんな、ふふふ、夫婦だなんて……！　夫婦の営《いとな》みだなんて……っ！」

誰もそこまで言ってないが、思わずサクヤは頬に両手を当ててて身をくねらす。

「で、でも、いいんじゃないっ？　今日の夜とか、そのぐらい、そういうのも……！」

レイジの気が変わらないうちに方向性を固める。

「じゃあ準備しましょうか」

「そ、そうしましょうっ！」

メニューはふたりが作り方を知っていて、今ある材料で作れるもの。

カレーに決まった。

「次の部屋でこの家具とか食器とかを使う時が楽しみですね」

レイジはお米を研《と》ぎながら部屋を見回している。

「うん。引っ越しの段ボールにいったんしまって倉庫行きだけど……」

「こういうハプニングがあると、思いもひとしおですね」

「レイジって意外と前向きね……」

「そ、そうですか……？」

「そうよ。私なんて今回のことでオタオタしてばっかりだったのに……」

「俺もめちゃくちゃオタオタはしてましたよ？」

「本当に!?　だってレイジあんた、あの変質者をこっから飛び降りて追いかけたんでしょう!?」

「そうなんですけど……俺とアヤトがあそこでびっくりしてオタオタしなかったら、その場で捕まえてましたから」

「…………っ！」

きゅぅんっ！　とサクヤの胸が甘く切なく握りしめられる。

「も、もうっ！　そういう危ないことは本当はしちゃだめなんだからねっ！」

「あ、はい……。なんていうかサクヤさんを守るために体とか鍛《きた》えてたし、役に立ててよかったなって思ったんですけど……確かに危ないですし、今後は気をつけます」

心配かけたくないですし、と頭を掻《か》くレイジに、サクヤは好きが強まって呼吸が一瞬できなくなる。

「（ふぁぁぁあああ～！　レイジ好きぃぃぃ……！）」

サクヤも今すぐベランダから飛び出て、近所の屋根を飛び回りながら叫び出しそうだった。

「サクヤさん器用ですね……！　ニンジン以外のジャガイモも玉ねぎもハート型に切ってるんですか!?　包丁で!?」

どうやら気持ちが包丁からあふれて食材に込められてしまったらしい。

◆

「ふぅ……美味《おい》しかったですね」

いる。
途中、想いが溢《あふ》れすぎたサクヤによる、レイジへの『福神漬《ふくしんづ》け激辛《げきから》事件』や『生《なま》ニンジン混入事件』が起きたりもしたが、レイジのリアクションにサクヤが満足することで事なきを得ている。

「あ、当たり前でしょ？　私が味付けしたんだからっ」

「これからどうしますか？」

「え、え……？」

「後片付け……えっと、カレーの片づけもそうですけど、荷物の整理もしなくちゃですよね」

「そ、そうね……」

「いろいろ準備して運び込んでますからね。梱包《こんぽう》とか手伝います。大きいのだと、布団《ふとん》とかもありますし……」

「そ、そうね。布団もあるから……もし万が一、遅くなっても、レイジとだったら……って、だ、だめだったらっ！　な、なに言ってるのレイジっ！　ばかばかぁっ！」

「サ、サクヤさん……？」

◆

『レイジ、どうだった？　姉貴の様子は』

「うん、ちょっと最初は暗かったけど……すぐにいつものサクヤさんに戻った気がする」

『まあレイジと一緒にいれば、姉貴はすぐ元通りだろうけどな』

「だったら、うれしいけど……」

サクヤさんをマンションから自宅まで送って、その帰り道。

俺はアヤトと通話していた。

『レイジ、今回もありがとうな。姉貴を助けてくれて』

「いいって。それに、なんていうか、俺、彼氏だし……」

ははは！　とアヤトは明るく笑っている。

『レイジも残念だっただろ。姉貴がひとり暮らしすれば、週末はそっちでふたりっきりにもなれたしな』

「な、なるほど……」

『でもまあ、俺としてはちょっとなんていうか、レイジが週末家に来なくなっちゃうと思うと寂《さび》しくもあったからな……正直複雑だった』

「その時はアヤトも来ればいいんだよ、サクヤさんの家に」

『そんなことしたら俺、絶対姉貴にぶっ飛ばされる』

アヤトと笑い合う。

すれ違ったサラリーマンがぎょっとしていた。

「アヤト、俺、サクヤさんに釣り合うようになりたい」

『ん？　どうしたレイジ』

「俺、今回さ、サクヤさんにモデルのバイト紹介してもらっただろ？」

『ああ、あれな』

「そこで一緒にモデルの仕事をしてみて、やっぱりすごいなって思ってさ」

『そうだったのか……、姉貴がなぁ……』

「うん。だから今度、アヤトにちょっと相談したいことができるかもしれない」

『いいぜ？　なんでも相談に乗るよ』

「ありがとう」

それから学校でのこと。

最近親しくなった仁保《にほ》ミアさんのこととか、ミアさんと仲良くなったらしいミスズさんとかの話を少ししたあと、電話を切った。

みんなに頼りにされることはあっても、あまりクラスメイトとかと深く付き合うことがなかったアヤトも、最近は変わってきたみたいだった。

「あ、レイジ……！」

「え……？」

背後から声をかけられ、びっくりして振り向くとそこには走り寄ってくるサクヤさんがいた。

「どうしたんですか？　サクヤさん？」

「あ、えっと……っ」

「じ、実は、あの、えっと……」

「あ……あの、ぜ、絶対、将来……っ」

「……はい、将来ふたりで住んで、本当の新婚生活しましょうね」

「わ、わかってるなら、いいのっ」

じゃあね、と言い残して、サクヤさんは走って来た道を戻っていく。


そう。俺もあの新婚生活みたいなひと時のことが忘れられなかった。

あれをもう一度、いつか絶対に。

今度は本当に実現したい……。


けれど、それが現実になるのは、まだまだ先のお話。

うん、だってこれは俺とサクヤさんが、色々な経験と色々な人との出会いの中で、ラブラブな夫婦になるまでの物語だから。

ええぇ!!?
サクヤさんひとり暮らしが中止に!?
まあ、しかたないよね…うぅ……っ
変質者めぇ…っ
めそめそ
残念ですね…
私も、あのサクヤさんの新居にお泊まりしたかったな!!!
…じゃあ実家の方でよかったら今度お泊まりにくる?
やった…!
い、いいんですか!?
当日
えへへ♪
ちょっと浮かれて可愛い部屋着もってきちゃいました♪
わあ!可愛いですねミアさん!
ビクッ
って、なんでいるんですかレイくん!?
あはは
週末だしね……♪

あとがき

自分が思い描く理想と、現実とのギャップってありますよね……。

今ここでこうすれば、一歩だけだけど理想に近づくのに。

なぜかそれがいつも踏み出せない。

そんな自分と戦って勝ったり負けたりするとき、そこには色々なドラマが生まれます。

この物語は、そんな『なりたい自分』に対して、若者たちがうりゃうりゃうりゃするお話です。


どうもこんにちは。作家のおかゆまさきと申します。

『友達のお姉さんと陰キャが恋をするとどうなるのか?』の二巻をお届けいたします。

この『友達のお姉さんと陰キャが恋をするとどうなるのか?』は、YouTubeチャンネル『漫画エンジェルネコオカ』で大人気の動画を小説化したものです。

原作のネコオカさんが執筆されたものを、私がリメイク動画として脚本を書かせていただいたものの、第二話目のノベライズとなります。

レイジやサクヤはもちろん、動画本編には未登場のキャラたちやシチュエーションが織りなす、少しだけパラレルな物語はいかがだったでしょうか。

新しいキャラクターたちも、一巻に登場したキャラも色々な活躍をしています。

彼、彼女たちのこれからが気になって、続きが読みたい！　と思っていただけましたら幸いです。


この小説が完成するまでには、たくさんの方にご助力をいただきました。

担当編集の日比生《ひびう》様。イラストレーターの長部《おさべ》トム様。漫画家のまめぇ様。そして『漫画エンジェルネコオカ』の皆様。

類《たぐい》まれなひらめきと行動力を持つ皆様の全力サポートのおかげで、このような作品を読者の皆様にお届けすることができました。

そしてなにより、この『友達のお姉さんと陰キャが恋をするとどうなるのか？』という作品を応援し続けてくださっている皆様に心からのお礼を申し上げます。

たくさんの応援の言葉をありがとうございます。皆様の想いの力で、この作品を届けることができました。

もだもだするカップル、レイジくんとサクヤさん。

そしてそれを取り巻く若者たちのこれからを、今後ともよろしくお願いいたします。

この物語を心待ちにしてくださった皆様、そして物語の中に住む彼らのためにも、作者自身、精進《しょうじん》していきたいと思います。

おかゆまさき

友姉
2巻発売
おめでとう
ございます!
Tom

祝 2巻!!
まん
めでたい!!

ダッシュエックス文庫

友達のお姉さんと陰キャが恋をするとどうなるのか?2

おかゆまさき

2021年11月30日　第1刷発行

★定価はカバーに表示してあります

発行者　瓶子吉久
発行所　株式会社　集英社
〒101−8050　東京都千代田区一ツ橋2−5−10
03(3230)6229(編集)
03(3230)6393(販売／書店専用) 03(3230)6080(読者係)
印刷所　凸版印刷株式会社

ISBN978-4-08-631444-2 C0193